己の影

丹伊田まさひろ

文芸社

目次

己《おのれ》の影《かげ》

思い起こせば、それはかなり幼少の頃から僕に付き纏《まと》っていたような気もする。

といってもせいぜい年に一、二回…『あそこに同じ服を着た子がいる！』と母親に訴えた記憶がある（但し、母は僕の指差す方向に目的の人物を確認することはついになかったようであるが）程度で、特に日常生活に支障を来《きた》すようなことは何もなかった。

そして、つい三月《みつき》ほど前のことである。その影が頻繁に僕の目を掠《かす》めるようになった。

影といっても、晴れの日に足元にできる、いわゆるあの影のことではない。僕の言う影とはもう一人の自分、または分身とでもいうべきものなのである。

最初のうちはほんの微か…僕が何かをしていると、視界の端に誰か、あるいは何かがサッと過《よ》ぎるのを感じる程度だった。

（なんだろう。眼精疲労ってヤツか？）

パソコンの使い過ぎかも知れん。でも何故か、誰かにジッと見られているような、そんなするどい視線のようなものを感じることがしばしばあった。

僕の名は楠見《くすみ》恭平《きょうへい》、二十歳。現在は某国立大学医学部三年である。医者の父と教育者の母との間に生まれた。両親の愛情と期待を一身に背負って大切に育てられた僕は、両親の敷いたレールの上をそれこそ、わき目も振らず突き進んで来た。

幼稚園の年少組から、やれ塾だ、ピアノの稽古《レッスン》だ、英会話だと分刻みのスケジュールをただ淡々とこなし、小学校の三年ともなると家に帰れるのは毎日午後十時過ぎ。帰れば帰ったで寝るまでの間、親の作った〝合格十ヶ年計画〟に従って黙々と勉強に勤《いそ》しんだ。

勿論、同年輩の友達——あくまでも学級内において、表面上のであるが——とも放課後泥だらけになって遊んだり、思いっきり野球やサッカーをしたい、などという子供らしい願望も無かったわけではない。が、実際そうして遊んだ記憶はほとんど無かったし、そうした願望自体、さほど強烈な欲求ではなかった。要するに現状にこれと言って不満は持っていなかった訳で、TVゲームやパソコンなど僕が欲しがる物はほとんど何でも買い与えられたし、両親は勉強を奨励しはしたが、朝から晩まで勉強一辺倒というような強引な教育方針ではなかった。なにより当時は僕自身、親から〝イイ子だと思われたい〟と願っていたこともあり、そのような状況を特に〝苦痛〟とも〝窮屈〟とも感じなかった。

中学、高校、大学と目指した学校にいずれもストレートで進学して、さした苦労も感じずに〝合格十ヶ年計画〟の最終目標大学の希望学部に入学した僕は、ここへ来てちょっと立ち止まって後ろを振り返って見る気になった。

というのは、恥ずかしい話ではあるが、この年齢《トシ》になって初めて恋人と呼べるような女性《ひと》ができたからである。友人に半ば強制的に出席させられた某女子大との〝合コン〟において、どういうわけか一人の女子学生にいたく気に入られたようで、彼女はけっこう積極的に僕にモーションを掛けてきた。パッと見《み》は僕の好みとは若干違ってはいたが、物怖じせずに自分の考えをハキハキと話すその口調は、彼女がかなり明晰な頭脳の持ち主であることを窺わせ、相手の五人の中においても容姿も考え方も相当ハイレベルに思えた。

彼女は西澤紫《にしざわゆかり》といい、ひとつ年下の十九歳。行動心理学とやらを専攻していて、ヘンに世間ズレしていない。パラパラで汗を流したかと思うと常磐津《ときわず》などの古典芸能にも興味を示す。言ってみれば、〝Trendy《流行最先端》 & Traditional《伝統的》〟――超現代的な感覚と古風な性格《ところ》が同居している、何とも不思議な感性が妙に僕の気を惹いた。

大体が勉強に明け暮れていた僕は異性に対して免疫が無いというか、扱い方がほとんど分からなかったので、よもやこんな相手が、しかも相手側《むこう》からアプローチを掛けてくるとは思ってもいなかったからはじめは対処に窮したが、それよりもこんな千載一遇――僕にとっては――の好機《チャンス》を逃す手は無いということで多少戸惑いながらも付き合うことを承諾したのだった。

「へえ、恭平さんって今時珍しいですね。私が初めての女友達《ガールフレンド》だなんて」

「いや、全く以てみっともない話なんだけど」

「そんなことないですよ。でも、それを真っ正直に話しちゃうところがまた変わってるんですよね。私、今時の男の子に飽き飽きしてるんです。どの人も皆同じ！　外見《みため》ばかり気にして、性格的にはてんでダメ。幼いっていうか、軟弱なんですよね。会話も貧弱なら考え方《スタンス》も優柔不断で何かハッキリしない。優しさを装いながら、頭の中では女と寝ることしか考えてないんですもの。もう、下心見え見えで」

「ゴメンね。僕もあんまりこういうことに経験がないからサ。もしかしたら、紫《ゆかり》ちゃんにつまらない思いさせちゃうんじゃないかって」

「あら、いいじゃないですか、それでも。ヘンに女の扱いが上手な人よりは新鮮で。私ね、優しいだけの人よりは私をぞんざいに扱ってくれるような方、あっ、肉体的にじゃないですよ。女の意見なんかに耳を貸さないで『ああしろ！』『こうしろ！』って指図しては有無を言わさずグイグイ引っ張っていってくれるような強い方に憧れるんです」

「僕はそんな専制君主みたいな態度《こと》できる性格《タイプ》じゃないなぁ」

「あっ、別にいいんですよ。なにも恭平さんにそうしてって言ってるんじゃないんです。恭平さんは私のこと気にせずにご自分の思ったようになさればいいんじゃありません？」

「ふうん、相当変わってるね！　君も」

「私、よく友達に〝変わり者〟って言われるんです。だから私も言っちゃうの。『世の中、一人くらいこんな娘《こ》がいたってイイじゃない？』って」

「なるほど、変わり者どうしってわけか」

「恭平さんのこと、もっと知りたいと思います。納得できればついて行けると思うんです」

「僕も同じ。紫ちゃんのこともっと知りたい」

紫は嬉しそうに満面に笑みを湛えている。

「ところでサ」

「ハイ？」

「なんか、ハラ…減らないか？　なにか食べようよ」

「そういえばそうですね」

「なにが食べたい？　でもあんまりオシャレな店知らないんだ。僕、高級××料理なんてところ昔から苦手でサ」

「あっ、私も。料理の名前聞いてるだけで肩の凝りそうな〝フランス料理のコース〟だとか、そういうのは×《ペケ》！」

紫《ゆかり》は両手を大きくクロスさせた。

「どういうとこがイイわけ？」

「ラーメン屋さんとか、屋台のオデン屋さん、ヤキトリなんかもいいかナ」

「ホントに？　変わってるなぁ」

「典型的〝オヤジギャル〟ですかね」

そう言うと紫は軽く笑った。

確かに彼女は昨今の一般的女性とは一線を画していた。と言っても、本人が言うように決して被虐的《マゾヒスティック》な性格ではなく、心理学専攻だけあって相手の言動からその思考パターンを推量する洞察力はしばしば僕の心の内をズバリ言い当てて驚かせた。むしろ一見無邪気に見えるその容姿や言動からは想像もつかぬほど、同年代の女性よりかなり精神的に大人びた感覚を持っているように思えた。彼女は僕に古《いにしえ》の男尊女卑的優越感にも似た満足を感じさせてくれた。と、同時に——その一見従順そうな表面的態度とは裏腹に——もしかしたら僕は彼女の行動心理学研究用の希少《レア》な男性標本《サンプル》として観察されているのかも知れない、そんな『猿山《サルヤマ》のお猿』的感覚にとらわれる時もあるにはあったが、いずれにせよ、彼女の存在はそれだけでかつて無かった程新鮮な安らぎを僕に与えてくれた。

その日、僕は紫《ゆかり》と池袋駅近くの喫茶店で待ち合わせていた。約束の時間を僅かに過ぎた頃、紫が息を弾ませて飛び込んできた。

「ゴメンなさい。遅れちゃった」

「いや、ほんの二、三分さ」

「私、相手《ひと》を待たすのってキライなんです。待たされるのはさほど、イヤじゃないんだけど……」

「何で？」

「待っている時間《あいだ》、外を行く人達の行動《うごき》を観察できるから。例えば…そう…さっきからあそこでソワソワしてる人、今、どんな事考えてるのかナァ、待ち合わせしてるのになかなか来ない相手の事？　それとも……なんて、いろいろ想像してみるの。けっこう楽しいですよ」

紫はアイスティーを頼むと息を整えて座り直した。

「どうしたの？」

「それが、乗ったバスの目の前で、自動車《クルマ》どうしの交通事故！　バスも急ブレーキ踏んで、もう少しで巻き添えになるところ！　お蔭で二十分も立ち往生しちゃって、もう、焦ったァ」

「そりゃ、大変だったな。紫はケガしなかったのか？」

「ウン、大丈夫だった。アッ、ねぇねぇ恭平さん、それはそうと、昨日あれから何処へ行ったんですか？」

「あれからって?」

「いやだナァ、昨夜《ゆうべ》ですよ」

「昨夜?」

「またぁ、都合の悪い事はすぐ忘れるんだから。さては、どこか悪所《いけないところ》へ行ったんでしょ」

「ちょっと待って! 僕、何処へも行ってないよ。昨日は君と別れた後、まっすぐ家へ帰った」

「ウソ! 恭平さんの自宅《おうち》ってあっち方面じゃないでしょ!」

「あっちって?」

「ウッソー! 会ったじゃないですかァ。新宿駅で」

「新宿なんて行ってないって! 夢でも見てんたんじゃないの?」

「ひょっとして、恭平さんて記憶喪失?」

「ホントだよ」

「いいですよ。いいですよ。そうやって私《ひと》のこと揶揄《からか》ってればいいじゃないですか」

「君こそ僕をヒッカケようとしてない?」

「だって、恭平さん…本気《マジ》で言ってるの?」

「ああ…」

「大丈夫?」

紫が僕の額に手を当てる。紫の温かみが伝わってくる。

「熱なんか無いよ」

僕はその手を軽く握った。

「でもでも…恭平さん、昨夜《ゆうべ》九時半頃だったかな。新宿駅の南口でバッタリ会ったじゃないですか。だから私が『あら、何処へ行くんですか？』って訊いたら『良い所《いいトコ》』って言ってサッサと行っちゃうんですもの。なんだか妙にツンケンして。つい数時間前に会ってた恭平さんとはまるで別人みたいに『お前なんかにゃ関係ない！』って感じで…ご機嫌斜めなのかしら。でも、いくらなんでもって私、あの後ちょっとムクレてたんですよ」

「僕がそんなことを？」

「ええ、ヤダ！　恭平さん、本当《ホント》に大丈夫？」

「本当に知らないよ。見間違いってことないよね」

「だって、会話《おはなし》してるんですよ」

「おかしいナ……」

紫《ゆかり》も僕の表情から、嘘や冗談で言っていないことに気が付いたようだった。

「でも…私」

「訳が分からないね」

「ね、残念だけど今日は中止にして、帰ったほうがいいんじゃないですか？　良かったら私、自宅《おうち》までついてってあげますから」

「大丈夫だよ。サッ、行こう。試写会始まっちゃうよ！　観たかったんだろ？」

僕は不安げな紫の腕を引っ張るように外へ出た。

映画を観て食事したあと、彼女は『やっぱり心配だから』と僕のアパートまでついてきてくれた。

「済まなかったね。ホントなら僕が送らなくちゃいけないのに！　クルマ、ちょうど昨日から車検に出しちゃってて」

「ううん、大丈夫。私こそ恭平さん…体調悪そうなのに無理に誘ってごめんなさい」

「そんなことないよ。それよりもう十一時だ。タクシー拾って、なるべく人通りの多いとこ選んで帰るんだよ。最近はストーカーとか、危険《ヤバイヤツ》な男が多いんだから」

「大丈夫。私、イザとなったら逃げ足速いもの。今日は楽しかった。おやすみなさい」

「ああ、オヤスミ、気をつけてナ！」

「ウン、ありがとう」

手を振りながら振り向き振り向き帰っていく紫《ゆかり》の後ろ姿を僕は見えなくなるまで見送っていた。


ＴＶを観ながらウトウトしていた僕の枕元にあった携帯電話《ケータイ》の着信コールが激しく鳴りだしたのは日付もかわって一時間ほど過ぎた頃だった。

「もしもし」

「恭平さん!?」

紫からだった。

「紫？　さっきはありがとう。もう着いたのかい？」

だが、紫から返ってきたのは意外な応えだった。

「いったいどういうことですか？　今、何処にいるの？」

「どこって…さっき…」

「悪ふざけは止めてください！　何のために私があなたの自宅までついて行ったと思ってるんですか？　本気で心配してるのに！」

「ちょっと待って！　何の事？」

「何で跡をつけて来たんですか？　私がお送りした意味がないじゃないですか！　しかも、隠れてコソコソと！」

「何のことなんだ。僕は家にいる。ついて行ってなんかいないよ。今はベッドの中だ！」

「ウソ！　この近くに居るんでしょ？　すぐに出て来てくださいよ！」

僕はＴＶの音量《ボリューム》をいっぱいに回した。

「分かるか？　ＴＶの音だよ。戸外《そと》にいて、こんなふうに音を調節できるか？」

「……本当に……家《そこ》？」

「勿論だ！　信じられないんだったらもう一度来てみなよ」

「そんな……」

三十分もしないうちに外《おもて》にクルマの止まる音がして、程なく部屋の扉がノックされた。

僕が扉を開けると、まるで幽霊にでも出くわしたような表情の紫《ゆかり》が立っていた。

「ウソ」

ドアを開けるなり僕の顔を見て、紫が呆けたように呟く。

「満足した?」

「恭平さん……ホントに自宅《ココ》にいたの?」

「勿論!」

「一歩も出ていない?」

「ああ」

「私」

「とにかく入れよ」

部屋に入るなり紫《ゆかり》は魂が抜けたようにへタリ込んだ。

紫はまるで自分自身、一言一言確かめるように、経緯を説明した。

恭平の家を辞して帰途についた彼女は恭平に勧められたにも拘らず、タクシーを使わずに終業間際のバスを利用した。バスを降りてからコンビニで買い物をして家路を急いでいると、背後に人の気配を感じる。

『まさか、ストーカー?』

急に怖くなった紫は、恭平の言葉に素直に従わなかったことを少し後悔しながら歩を速める。しかし、気配も間隔を保ってついて来るので一気に自分のマンションの玄関《エントランス》に駆け込む際、思い切って振り返ると、見覚えのある服装の人影が一瞬垣間見えた。

『え? 恭平さん?』

はじめは恭平がやはり心配で来てくれたのか、そう思った。しかし名前を呼んでみても応えはないし、考えてみれば状況的におかしい。もしそうならば、何もコッソリつけまわす必要などない。それともこれは恭平が悪戯半分に自分を脅かそうとして密かに跡をつけて来たのか、そう思った紫《ゆかり》はその子供じみた悪ふざけに無性に腹が立ち、怒りに任せて電話をして来たのだった。

「ごめんなさい。でも私、てっきり恭平さんの悪戯だと思って。だってその人、チラッと見ただけだけれど、さっきの恭平さんと全く同じ服装だったもの。間違いないわ。昨日といい、今日といい、あれは絶対あなただった」

「きっと僕の双子の兄貴を見て間違えたんだよ」

紫が詰《なじ》るように僕をジッと見つめている。

「ゴメン、つまらない冗談だった」

「恭平さん。私、どうかしちゃったのかしら……」

「ふうん、その僕らしき人物の態度からすると、ソイツは明らかにちゃんと君だと認識した上で行動しているね」

「そんな、他人事《ひとごと》みたいに」

「いや、そう言うけど本当に分からないんだ。例えば僕の記憶の中に空白、つまり、記憶がゴッソリ抜けた時間帯があるとか言うのならば、その間、夢遊病者みたいに紫の跡をつけ回してた可能性も考えられる。しかし今日も昨日も僕はちゃんと醒《お》めていたし、君が僕を見たと言う時間帯の記憶もハッキリしている。観てたTV番組の内容も憶えてるし、さっき電話でTVの音、聞かせたろ？　あの後『大きな音で眠れないから静かにしてくれ！』って階下《した》のおばちゃんから怒鳴られちまったからな」

「でも、あれは幻覚じゃなかった。一昨日は夜とは言え、駅構内の照明《アカリ》の真下だったし現に会話《はなし》もしてるんだから。それにさっきだって…私があなたを見間違うハズないもん！」

紫《ゆかり》は無意識に握り締めた拳《こぶし》に気がついて恥ずかしそうに俯いた。

「どうしたもんかなぁ」

「ごめんなさい。でも正直言って、私まだ信じられない」

「いいサ。僕だって君の立場だったらきっとそう思うだろうよ」

重い沈黙が流れる。

時間は既に午前二時を過ぎている。

彼女は明らかに怯えていた。『怖くてとても一人で部屋に帰れない』と涙ぐむ紫を無下《むげ》に追い返すわけにもいかず、仕方なく僕は彼女を一晩泊めてやることにした。

「取り敢えずこのことはもう明日にしようよ。今夜はこれ以上考えても埒《らち》が明かないよ」

「ええ、なんかひどく疲れちゃったですね」

「今から『帰れ』ってのも酷《コク》だしなぁ、僕もしんどいし、今夜は泊まっていくか？」

「え？　あ、あの……ウ、ウン……」

「狭い部屋だけど」

「いいえ、でも私まさか〝お泊り〟することになるなんて思ってなかったから、慌てて来たから、その、何の用意もしてないし……」

「雑魚寝になるけど我慢してくれ」

「私こんな状況《こと》、あまり、け、経験が無いから……」

「僕だってそうサ。まったく…冗談じゃない！」

「エ？」

紫《ゆかり》が振り向く。

「ン？」

「ヤダ」

紫がいきなり吹き出した。

ここで僕はとんだ大誤解《オオボケ》を仕出かしていることに初めて気が付いた。

「おっかしい、恭平さん、いきなり何言い出すのかと思った」

狭いアパートの緊張した空間が少しだけ和んだ。

「ご、ごめん！　こんな時に」

よほど僕の間の抜けた返事が可笑しかったのか、紫はまだクスクス笑っている。

「ホントにとんだ勘違いだ。雰囲気《ムード》台無し」

「ホ〜ント！」

「折角、紫が『泊まる』って言ってくれてるのに『冗談…』はないよなぁ」

「恭平さん、そんなことじゃいつまでたっても女は口説けませんよ〜ダ！」

僕は苦笑した。

ふいに紫が何か思いついたように手を打った。

「そうだ！　ねぇ、恭平さん。私の大学《ウチ》のゼミの講師で、三枝亨《さえぐさとおる》って人がいるんですけど、こういった精神医学の問題に詳しいんです。一度会ってみませんか」

「やっぱり、精神分裂みたいなものなのかな」

「いえ、そういう意味じゃありませんよ！　今度の事を話して意見を訊いてみて、何か解決のための糸口《ヒント》みたいなものでも掴めればいいと思って」

「しかし、詰まるところ病院紹介されて精神安定剤《トランキライザー》でも処方されるのが関の山じゃないのか？」

「それならそれで仕方ないじゃありませんか。『ダメもと』で何でもやってみましょうよ」

「ウン……」


翌日、紫《ゆかり》が電話で予約《アポ》を取ってくれた三枝《さえぐさ》講師に会うため、僕らは原宿の駅に降り立った。

「よぉ」

いきなりポンと肩を叩いたのは、親友の遠藤康雄だった。

「ちょうど良かった。メールしようかと思ってたんだ。ン？　アレ？　こちらは確か……」

遠藤は紫を無遠慮にジロジロ眺めた。

「あっ、こちらは西澤紫さん。ホラ、この前の〝合コン〟の時一緒だったろう」

紫がピョコンと会釈する。

「あ、あ〜あ！　思い出した！　一番右端にいた女性《ひと》でしょ。俺、遠藤、憶えてます？　楠見《コイツ》の隣に座ってた……コノコノコノォ、お前も隅に置けないねぇ。硬派面《こうはづら》してチャッカリ一番美人《ピンマプ》ゲットかよ」

遠藤はニタニタと笑いながら僕のわき腹を肘で突《つっ》いた。

紫《ゆかり》は微かに首を傾げた。

僕はいつまでも彼女を彼の奴《やつ》の好奇の目に晒しておきたくなかった。

「悪い！　ちょっと急ぐから」

「ちょっと待て！　あっ、ちょっとゴメンなさいね」

遠藤は紫に慇懃に愛想笑いをすると僕の肩を抱き、彼女から見えないように背中を向けて小声で話した。

「それはイイんだけどサァ。で、何時《いつ》返してくれンの？　俺、今月財政状態《フトコログあい》チョー厳しくてサァ。バイトの給料《カネ》が遅れてンのよ。いやぁ、ここで会えるなんて偶然とは恐ろしいなぁ。神様も貧乏人《マルビ》の俺をお見捨てにならなかったってか？　しかし何だねぇ、お前も〝お坊ちゃま〟のクセして、何も借金なんかしなくたって」

「なんのことだ？」

「アラァ、彼女の前だからってカッコつけちゃってマァ！　一昨昨日《さきおととい》貸した三万だよ。三万」

「三万？」

「おいおい、随分惚《ずいぶんとぼ》けたこと言ってくれちゃうねぇ。明日には必ず返すっつうたろうがぁ！『貸した金返《けえ》せネェってんなら、借金の代償《カタ》にこの娘ぇ貰っていくぜ！』なぁんてナ。ホントなら二日分の延滞料取ったってイイところなんだぜ、こっちは！」

「憶えが無い」

「バカ言うな！　お前どうしてもカネがいるって貸しただろうよ。新宿Aの前で！　しかも、普段は〝借りてきた猫〟みたいに大人しいクセして、あん時に限ってカネ借りるほうが豪《えれ》ぇ尊大《えらそう》な態度しやがってよ。逆だってのｪ。まぁ俺とお前の仲だから、友達甲斐に貸したけどサァ」

「僕は金なんか借りてない」

「俺がデタラメ言ってるってのか！　いい加減にしないといくら友達でも〝仁義〟ってものがあるだろうが！」

「〝礼儀〟だろ？」

「どっちだってイイんだよ！　ンなこたぁ！」

「しかし…」

「しかしもヘチマもあるか！　俺も必要なんだ！　すぐ返せよ。三万円」

遠藤は僕が書いたという〝借用書〟を鼻先に突きつけた。

「どうしたの？」

紫《ゆかり》が近寄って二人を覗き込む。

「いや、ハハッ、何でもないんですよ。すぐ終わりますから」

「すみません。それって、いつのことですか？」

紫が訊ねた。

「いつって……一昨昨日《さきおととい》、新宿のAの前で……」

「一昨昨日っていうと三月二十四日！　何時ごろでした？」

「ええっと確か夜の九時ちょっと過ぎだったかナ」

「九時！」

僕は紫《ゆかり》と顔を見合わせた。


「恭平さんが書いたのに間違いないんでしょ？」

紫が問題の〝借用書〟を穴の穿《あ》くほど眺めている僕に訊いた。

「確かに僕の字……みたいだ」

彼女は自分の財布から紙幣を取り出して遠藤に渡した。

「すみません。恭平さんがお借りしたお金です。お返しするのが遅れたことは勘弁してください。ごめんなさい」

「あっ、いや、でも……お、おい、イイのか？」

戸惑いながら遠藤が僕に訊き直した。僕が返事に困っていると、

「どうぞ。かまいません。ありがとうございました。憶えてますよ、あなたのこと。遠藤さん。カラオケの時ノリノリでしたものネ。サザンの桑田さんのモノマネ、ピカイチでしたよ」

紫がニコッと微笑むと遠藤もテレ笑いをする。

「あ…そ、そうでしたか？」

遠藤が小声で僕に確かめる。

「なぁ楠見。オレ、サザンなんて演《や》ったっけ？」

「あらぁ、憶えてらっしゃらないんですかぁ？　残念だわ、ステキだったのに」

紫《ゆかり》がいかにも残念そうに遠藤に言った。

「そ、そうスか？　オレ、そのォ、へベレケに酔っぱらっちゃってて。じ、じゃあナ。どうも、悪いっスねぇ。おい、楠見。早く彼女に払ってやれよ」

遠藤はバツが悪そうにそそくさと人混みに消えていった。

「すまない」

「ねぇ、恭平さん！　やっぱり一昨昨日《さきおととい》、夜の九時に恭平さんは確かに新宿にいたんですよ。私が見たのは幻じゃなかったんだわ」

「何で憶えてないいんだろう」

「もしかしたら、恭平さんは自宅《おうち》に居たと思い込んでるだけで、やはり無意識のうちに新宿を歩き回っていた。そして出掛ける前と後の記憶が直接繋がってしまったとか」

「そうなんだろうか……」

「あ、可能性ですよ。単なる可能性」

「実際、僕の財布にはそんな大金入っていない」

「恭平さんが私に言ってた『良《い》い所《トコ》』で使っちゃったのかも」

「『良《い》い所《トコ》』ってどこサ！」

「知りませんよォ。そんなこと！　男性《おとこのひと》の『良《い》い所《トコ》』って言ったら大抵――」

「知るか、そんなこと」

紫《ゆかり》が問い詰めるように見つめる。

「怒った？」

「別に！　だって私、まだ恭平さんの〝奥さん〟じゃないんだから、恭平さんが何処へ行こうと、何をしようといちいち口出しする権利なんか無いもの！」

紫がフクれ面《つら》をしている。その拗《す》ねたような物言いと表情が無性に可愛かった。

「ゴメン！　揶揄《からか》ったりして。ホントにそんな悪所《トコ》なんか行ってないよ。た、多分……いや、絶対！」

「まぁ、それはイイとしても、いずれにせよ三枝講師《さえぐさセンセイ》からも意見《はなし》を訊いてからでないと。それと私、今ちょっと別の可能性も思いついたんですけど」

「どんな？」

「そのことはあとで」

紫は僕の質問には敢えて答えなかった。

二人の間になんとなく重い空気が流れる。

（なんか、別の話題は……）

「ね、ところでサ」

「え？」

「さっき合コンで、サザンがどうとかって言ってたけど、遠藤《アイツ》、そんなに上手かったっけ」

「さぁどうだったかしら。悪いけど私、恭平さん以外の方のことはほとんど見ていなかったし、憶えてないんで」

「だって……それじゃ？」

紫《ゆかり》は僕にウインクして微笑んだ。

「ふうん、なるほどねぇ」

三枝亭《さえぐさとおる》は二人を目の前にして顎を摩《さす》りながら考えていた。真剣に考えている時の彼のクセである。年齢は確か四十過ぎと聞いていたが、どう見ても三十そこそこにしか見えない。

「三枝講師《センセイ》」

「OK。大体分かった。もう一度整理してみよう」

そう言うと三枝はホワイトボードに事実を羅列し始めた。
①楠見氏幼少時に数度、自分の影のようなものを見る
②小↓中↓高と両親の惜しみない愛情を受けて育つ
③小から大までいずれも浪人経験無し。影の存在はこの間、ほとんど姿を現さない
④大学一年後半、影を頻繁に目撃するようになる。この頃西澤と出逢う
⑤三月二十四日　午後九時　楠見氏、遠藤氏によって目視。借金する借用書提出。新宿A前
⑥三月二十四日　午後九時三十分　楠見氏、西澤によって目視。新宿駅構内にて会話あり
⑦三月二十五日　午前十一時　池袋喫茶店Mにて楠見氏、西澤と会う。映画鑑賞、食事
⑧三月二十五日　午後十一時　楠見氏のアパートより西澤帰宅
⑨三月二十六日　午前十二時　西澤、自宅付近で人影につけられる。服装が楠見氏に酷似。確認のた

め本人に電話連絡
⑩三月二十六日　午前十二時三十分　西澤、楠見氏アパートにて楠見氏の在宅を確認
⑪三月二十七日　午後十二時　原宿にて遠藤氏と遭遇、借金《そ》の事実を知る。借用書本人の筆跡と確認
⑫三月二十七日　午後一時　楠見、西澤両名　三枝研究室訪問
「ごくごく大雑把に時系列《タイムテーブル》を示すとこんなところかね」

「ええ」

「そして、この⑤⑥⑨についてはいずれも楠見君には実行の記憶が無いばかりか、逆にその時間には在宅していたという明確な記憶がある。そして一部の事実については西澤君によって確認されている」

「はい」

「にも拘らず、この三点についてはいずれも楠見君が現場にもいた確度が高い。借用書の筆跡も楠見君本人が自身のものと認めた。西澤君も遠藤君も本人に間違いないと証言している。しかし、本人は借金をした記憶も借用書を書いた憶えも無いか……」

「そうです」

「ふうん」

「精神性のものですかねぇ」

僕は三枝に訊ねた。

「と、言うと？」

「そっ・ち・の・ほうの病気とか」

「病気……例えば？」

「精神分裂だとか、夢遊病だとか…」

「どうしてそう思う？」

「自分の知らない間に自分が別の場所で行動して、しかも僕自身はその認識がない」

「なるほどね。しかし、結果から言えばその類《たぐい》の病気じゃないだろう。いいかい。君も医学生なら、大方、察しはつくだろうが、そういった病気の場合、確かに理解できないような不可解かつ支離滅裂な非論理的行動を取りがちだ。その点においては疑って疑えなくもない。だが、そういう病気の患者は往々にして『自分の頭がおかしい』などという認識は持たないものだ。第一、基本的にどの場合も必ず本人がその場にいなければならない。そしてその間、別の場所で別の行動を取っていたという実証は当然できるはずはない。だが楠見君は西澤君に自宅付近で目撃された際、在宅の証明に観ていたTVの音量を変えている。そして後にアパートの住人にそのことで文句を言われている。ね、辻褄《ツジツマ》が合ってるだろう？　つまり、二十五日の深夜の件に限って言えば、楠見君は西澤君のアパートの付近で彼女に目撃されたほぼ同時刻には自宅のTVの前にも存在していたことになる」

「……」

「あとは楠見君が意図的にウソをついている、という可能性だ。実際に彼女の跡をつけて行ったにも拘らず、あたかも自宅にいたように装った。TVももしかしたら携帯型のTVかTV音声を拾えるラジオとかを持っていたのかも知れん。但し、そうなると楠見君は西澤君からの電話の後、タクシーを飛ばして駆けつけた西澤君より早く、自宅に戻って待っていなければならないし、証拠作りに階下の女性に口裏を合わせてもらうよう頼んでおく必要がある。なにせ、翌朝楠見君が階下へ詫びに行くまで二人は……」

三枝は大きく咳払いをした。

「少しタバコ、控えなきゃイカンなぁ。二人は一緒に居た訳だからネェ。第一、西澤君の近くにいてそんな大きな音を響かせれば、携帯《ケータイ》を通さなくとも直接西澤君の耳に届いてしまう可能性が高い。とすると現実的にそんな小細工は不可能だろう。その時まで楠見君は西澤君の住所まで実際に行った事はなかったのだろう？　西澤君は楠見君の忠告を守らずに、結果的には幸運《ラッキー》だったが、タクシーじゃなく、電車とバスを乗り継いで帰っているのだからバイクとかを使っての追跡は難しい。となると楠見君、君、自家用車《ルマク》は？」

「持ってますが、今は車検で工場のほうへ」

「代車《だいしゃ》とかは？」

「いや、ほんの二、三日だっていうんで」

「なるほど。じゃ、その可能性《せん》も消えるか」

二人は肯いた。

三枝は二人の反応を確認すると話を続けた。

「気になるのは西澤君が新宿駅で楠見君と会って会話した際も彼が『普段の彼とは別人のような感じ』を受けたことだ。遠藤君の場合にも同様の証言があったと言っていたね」

紫《ゆかり》が頷く。

「それって、いわゆる〝多重人格〟って言うようなヤツなんですかね」

僕は思い切って訊いてみた。

「いや、いやいや、違う。Multiple Personality Disorder（多重人格症）—通称MPDとは、西澤君も知っているだろうが、主に幼児期における生活環境や過去のTrauma《トラウマ》（心的外傷）などによって心が抑圧されたりした場合、そこからの心理的逃避または回避の手段として現実の自分を庇護《ひご》し、あるいは向き合った現実への対応を代行させるために現れた人格…本人の人格を主な人格、主人格と言うのに対し副人格と呼ぶのだが、その副人格が時に主人格を押さえつけて表面に現れてくる状態を言うんだ」

「そう言えば、最近、本にもなりましたけれど、アメリカのビリー・ミリガンという青年にはなんと二十四人もの別の人格が同居して、入れ替わり立ち替わり各人格が現れてくるといった報告もあったって仰ってましたよね」

紫《ゆかり》が、思い出したように、三枝に訊ねた。

「うん、まぁ、これは極端な例としても通常一人乃至《ないし》は二、三人程度、事例《ケース》によっては十人以上の違った人格が現れることも珍しくない。自分で対処し切れない事態に対して本人自身が作り出した人格であるから、主人格——本人——より積極的、攻撃的かつ支配的な人格やより感傷的、あるいは多弁といった、本人に備わっていない、あるいは本人が本来解放したいのを無理に押さえ込もうとしている性質を極端に誇張《デフォルメ》した人格が多い訳で、西澤君が新宿駅で会った楠見君のように普段と違う性格に見えたという特徴は合致している」

紫が肯く。

「ただ、僕が楠見君がいわゆる〝多重人格症〟とは違うと思う決定的な理由は、西澤君が会った楠見君が『いつもとは違う感じ』とは言え、間違いなく楠見君本人であったという点だ」

三枝はタバコに火を点けると深く吸い込んだ。

「〝多重人格症〟において現れてくる人格はほとんどの場合、別人格だ。性格や筆跡も違えば、勿論名前も年齢、国籍も違う場合さえある。極端な場合、声質も変わるし、本人も知らないはずの外国語を話したり、書いたりするといった特異な例も見うけられる。つまり、本人を慰安、保護、補佐、代行または支配するための人格なのだから、それは別人であって当然で、仮に本人の能力や性格を誇張《デフォルメ》またはバージョンアップされているとしても、誇大妄想でもない限り、当人を護るために本人自身が出てくるというような自己矛盾は通常は起こさないものだ」

「じゃあ、こういう状況は有り得ないと？」

紫《ゆかり》が訊ねると、三枝は、黙って肯いた。

「ふう…なんだか、分かったような分からないような……」

僕は溜息をついた。

「『多重人格』でも『精神障害』でも『誇大妄想』でもないとすると」

紫が心配そうに訊ねる。三枝はタバコを揉み消すと溜息をついた。

「僕が考えつくのは、これは精神医学の見地からはいささかハズレるのだが、おそらく――」

二人とも息を呑んで三枝の次の言葉を待った。

「おそらく、西澤君達の見た楠見君は、〝Doppelgänger《ドッペルゲンガー》〟だ」

「ドッペルゲンガー!?」

紫が『やっぱり』という顔をしている。

「元々はドイツ語で、ドイツ流に発音すると〝ドッペルゲンゲル〟。日本語では〝複体〟と訳すのだが」

「何なのですか？　そのドッペル……ナントカっていうのは」

「簡単に言ってしまうと〝もう一人の自分〟ということだ」

「もう一人の自分？」

「そう。自分の〝分身〟と言ってもいい。古い文献ではこの分身のことを〝影〟と呼んでいた。諺にもあるだろう、『噂をすれば影』ってな具合に、要するに〝己《おのれ》の影〟という訳だな。この分身が何故現れるのかはまだ良く分かっていない。性格も本人ソックリであったり、または本人が普段倫理的道義的に抑圧または否定しているような反社会的な性質や欲望を解放したような人格であったりする」

「……」

「何よりも特徴的なのが、精神分裂や多重人格とは違って同時多発的に発生する可能性があるということだ」

「その……お話が良く分かりませんが――」

「多重人格症は一人の人間の身体を複数の人格が共有するものだがドッペルゲンガーは同一の人格を持った〝分身〟が複数、つまり、楠見君が同時に別の場所に複数現れるかも知れないということだ。しかも、それらは多少の違和感はあったとしてもすべて楠見君本人なのだ」

「でも僕は現実に一人です」

「勿論！　言ってみればイメージ的には〝生霊《いきりょう》〟か〝幻影《イリュージョン》〟に比較的近い。但し、生霊は本人の精神的エネルギー部分、言うなれば〝霊〟が実体と遊離して現れ、いわゆる複製《コピー》であるのに対し、この件では明らかに通常の本人と区別できるほど明確に性格や思考の違いが現れている。要するに、失礼だが楠見君は幼少時から親御さんの期待を一身に背負い、その期待に応えようと努力し、つまり〝イイ子でいたい〟がためにある程度自分の欲望を抑制《セーブ》してきた。ただ、人間である以上、友達と一緒に遊びたい。アレもしたい。コレもしたい。思春期を迎えてからは異性と付き合いたいとか、SEXに対する興味等々理性に反駁《はんばく》するような願望あるいは欲望は当然あったはずだ」

「講師《センセイ》！　恭……楠見さんは、そんな、SEXのことばかり…」

紫《ゆかり》が気色ばんで反論すると、

「まあ、ちょっと話を聞きたまえ。つまり、その欲求を無理やり抑えさせているのは『自分に過度な期待を寄せる両親だ』あるいは『自分に関心を示さない世間だ』というような茫漠《ぼうばく》とした抑鬱的《よくうつてき》反逆的考え方をもまた——無意識的にせよ——同時に持ったに違いない。そうした抑圧された精神エネルギーは本人の理性で制御しきれなくなると——殊《こと》に思春期《ローティーン》の少年少女によく見られるのだが——様々な形態をとって表面化するものなのだよ」

「例えば、どんな？」

「いわゆる〝Poltergeist《ポルターガイスト》（騒霊）〟であったり、〝Possession《ポゼッション》（悪魔憑き）〟であったり。そうした反倫理的反社会的願望を抑鬱から解放しようとする精神エネルギーが本人の形を基本体《ベース》として具現化した。その実績が西澤君たちの見たドッペルゲンガーなのだと僕は思ってる」

「三枝講師《センセイ》、もっと分かりやすく言ってください」

紫《ゆかり》が制した。

「ウン、幼いころから楠見君が憧れていながら実現できなかった様々な興味や願望を実践するために現れたもう一人の自分…」

「もう一人の僕…」

「そう、しかし君はあくまで君だ。部屋にいた君も、西澤君にストーカー行為をした、あっ、失礼！　そうした君もまた、そうありたいと願う君自身つまり、楠見君本人なのだ。君が心の中で否定した結論を実現したいという潜在的願望の実体化なのだよ」

「つまり、僕の中にユカリ——西澤さんを大切な友人と思う気持ちの一方で、彼女の跡をつけて行って、あわよくば彼女をモノにしたいという欲望を叶えようとした、というのですか？」

「但し、あわよくば云々《うんぬん》の方は、あくまで君の潜在意識下での願望《こと》だろうが」

紫は恥ずかしいのか、下を向いてしまっている。

「僕の意識下《なか》にそんな疚《やま》しい気持ちが在るってことか」

「いや、西澤君は、ああ言ってはいるが、男性なら素敵《イイ》な女性《おんな》に興味を持つのは当然だ。別に恥じる事は無い。ましてや西澤君はこのとおり、かなり美人《イケる》だしナ」

「三枝講師《センセイ》！」

紫が顔を赤らめながら言った。

「ハハハハッ、いや、失敬失敬！　だが、潜在願望を実現させるために楠見君の〝複体〟が実際に西澤君の眼前《めのまえ》に現れ出したとなると、これは由々しき問題だ」

「と、言うと？」

「そうした〝複体〟は理性という行動抑制から解放された存在であるのだから、西澤君に対して楠見君の持つ感情を直情的な行動で表現する可能性もある」

「具体的に言うと？」

「ウン、卑近な喩えで恐縮なんだがつまり、楠見君が例えば西澤君を心の底で『抱き締めたい！』と思ったとしよう。すると〝影〟はストレートに彼女に襲い掛かるだろうと――」

「本当にそんなことがあるのですか？」

「こういったいわゆる〝超心理学〟または〝心霊学〟といった分野は、学問としてまだその地位を完全には確立していない。この分野において一番の先進国は英国だが、その英国においてさえ賛否両論、確定的な結論は出ていない。ましてや我が日本では、その分野において英国に遅れをとること九十〜百年と言われているからなァ」

「そうなんですか」

「しかし文献によると、かの有名なナポレオンI世――ナポレオン・ボナパルトも自分の〝複体〟を見た経験があると妻のジョセフィーヌに打ち明けてるし、大詩人ゲーテもやはり同様の報告をしている。また、推理作家のアーサー・コナン・ドイルは心霊に対し終始肯定的な意見を述べていたし、あのアドルフ・ヒトラーでさえ、予言や占いの類を信じていつも占い師を連れていた。歴代のアメリカ大統領もホワイトハウスの中に〝心霊部屋〟――占いをしたり精霊のお告げを聞いたりという意味らしいが――を持っているそうだ」

三枝講師の研究室を辞した二人は駅までの道をトボトボ歩いていた。

「どう思います?」

紫《ゆかり》が心配そうに訊ねた。

「どうって」

僕はどんよりと曇った空を見つめながら呟いた。

「よく分からないよ」

「まるで、今日の空模様《おてんき》みたい。もう少し希望的観測《明るいお話》が聞けると思ったんだけど」

紫も大分気落ちしているようだ。

「君には感謝してる」

「でもあんな回答じゃ」

「『君自身が願望を達成できるか、より強力に欲望を抑制できればいいのだが、そうでなければ自然に消えるのを待つしか方法がない』…か…そうなんだろうネ、きっと」

「私、何か恭平さんの手助けができればと思ったのだけど」

「いや、それでもかなりの部分納得がいった。つまり、表現は下衆《ゲス》っぽいけれど僕が紫と行くところまで行ってしまえばヤツは消えるってことかなァ」

「そうでしょうか、その程度の欲望のためにわざわざ〝複体《ドッペルゲンガー》〟が出現するかしら。恭平さんの『潜在意識の中の抑圧された願望』って、単純に女を抱きたいとか、私を自分のモノにしたいなんていうような、そんな刹那的なものじゃないと思う」

「と言うと?」

「もっと別な、何か良くない事を企んでるんじゃ」

「もっと良くない事ね……」

「ごめんなさい。私」

「それよりサ、三枝講師《センセイ》の〝ドッペルゲンガー説〟……君も考えついてたんだろ?」

「ええ、もしかしたら……って思ってました」

「さすがは行動心理学専攻!」

「実は三枝講師《センセイ》は言及しなかったけれど、もう一つ、あんまり良くないことがあるんです」

「あんまり良くないこと?」

「ええ……」

「なに?」

　紫《ゆかり》は言い難《にく》そうだった
「あくまで……あくまで一般に流布している噂で確証は無いんです」

「いいよ。どんなこと?」

「その……『自分の〝ドッペルゲンガー〟を見た者は近く必ず死ぬ』って……」

「なるほどネ」

「でもでも……か、必ずそうなるとは限らないし、恭平さんの場合はドッペルゲンガーとは違うかも」

僕は紫《ゆかり》の肩に手を回した。

「大丈夫だ。ありがとう」

俯いた紫の目からみるみる涙が溢れ出した。

「私……」

「必ずそうなるとは限らないんだろ？　僕だってそう簡単に死にたくないよ」

紫は僕から視線を逸らしたまま微かに肯いた。


「ここが君の部屋か。さすが、ゴミ箱同然の僕の部屋と違ってとっても綺麗だ」

「そんな、私もどっちかって言うとガサツな性格《ほう》だから」

「そんなことない。でもサ、こうやって君の部屋へ入れてもらえたんだ。僕のドッペルゲンガーの目的は一部分達成したわけだから、もうここへは来ないよ。きっと」

「お願い、今はそのお話は……」

「悪かった」

テーブルの上には鳥カゴより幾分大きい籠箱《ケージ》が置いてある。

「へえ…紫はハムスター飼ってるんだ」

「前に堪らなく寂しくなっちゃって……見てると気が紛れるの」

「名前は？」

「タロー」

「タローっていうのか、フフフッ…オマエ元気だナ」

「ね、今思いついたんだけど、この子〝キョウヘイ〟って改名しようかナ……ダメ?」

「いいネェ、おい、お前今日からキョウヘイだってサ。僕と同じだ…光栄に思えよ」

キョウヘイは相変わらず車輪の中でクルクルと元気に走っている。

「今度、雌を買ってきて番《つがい》にするつもりなの。一人ぼっちじゃ寂しいでしょ?」

「お嫁さんってわけか…名前、何てつける?」

「まだ考えてない」

「ふぅん…じゃ、ユカリってのは? ユカリはキョウヘイの嫁になる……か。おいキョウヘイ、聞いたか? お前、ユカリってステキな雌《女の子》と結婚するんだってよ。良かったナ」

僕はカゴを指で突《つつ》きながら紫《ゆかり》を見た。彼女は顔を赤らめて俯いている。

「どうした。らしくないゾ。元気出そうゼ」

「心配なの」

「なにが?」

「恭平さんの〝影〟が」

「〝影〟?」

「私達が恭平さんの〝影〟をどうしたら消せるのかって考えるってことは、向こうも同じ考えを持つと思うの。だって向こうも恭平さんなんですもの」

「つまり、僕が考える事は向こうも考えてるってことか」

「しかも、相手はいわゆる〝悪の……〟ううん、ごめんなさい。〝恭平さんの中の鬱積《うっせき》した欲望が表面に現れた姿〟なんだから、通常のあなたには思いも寄らないこと考えるかも」

「しかし、相手は所詮僕なんだからなぁ。いずれにしてもいつかは恭平どうしが決着をつけなきゃならんってことか。なんとか〝影〟のほうが理解して消えてくれると良いんだけど、僕が僕自身を傷つけるなんてあまり気が進まないよ。できれば手荒な事はしたくないし」

「恭平さんって、優しいんですね」

「問題は〝影《ヤツ》〟が今何処にいて何を画策してるかだな」

紫《ゆかり》が肯いた。


「もう十時か。そろそろお風呂に入って寝ちゃおっかな、眠れそうにないけど」

そう呟いた紫が欠伸を噛み殺した時、玄関のドアホンが鳴った。

「誰だろう、今頃……」

ドアホンは更に鳴り続ける。

「ハイ」

「紫……」

「恭平さん!?」

覗き窓を覗くと、つい先程帰っていったはずの恭平が大きく息を弾ませて立っている。

ドアチェーンを外すと恭平が再び入ってきた。

「どうしたの？　忘れ物？」

「ドアを閉めて！　鍵を掛けろ！」

「何かあったの？」

「早く！」

紫《ゆかり》が慌ててチェーンをかける。

「ヤ・ツがいる」

「なんですって！」

紫は恭平を見つめた。

「いったいどういうこと？」

「此処を出てバスに乗ったんだ。そして何の気なしに窓を眺めていたら」

「……」

「ヤツが通りを歩いていくのが見えた。暗がりだったけど間違いない！　信じられん！　本当に僕ソックリなんだ。服から歩き方まで何もかも、初めて全体を見た！　今までは目の端をサッと掠《かす》める程度だったのだが、まさかあんなに実体感があるなんて……」

「見たの!?」

「アア、確かに見た。あれなら君や遠藤が僕だと錯覚するのも当然だ。だから次の停留所で降りて、慌ててタクシーで引き返してきたんだ。ヤツはまだここに来てないよナ」

「ええ、でも何故ここになんか」

「何故って、紫《ゆかり》を狙ってるに決まってるじゃないか！」

「私を!?　どうして……」

「きっと君が僕と協力してヤツの存在を消す算段をしているのに気が付いたんだ。ヤツにとっては今や君は邪魔な存在だ。それにイザという時に君を確保しておけば絶好の人質になるし」

「そんな」

「ヤツは駅前通りをここに向かって歩いていた。こうして現れた以上、間違いない！」

「どうしよう」

「ヤツは本気で僕らを亡き者にしようとしてる。こうなったらイチかバチか、殺《や》られる前に殺る。ヤツを抹殺するしか手段《てだて》は無いよ」

「殺すの!?　彼はあなたの〝影〟——分身なのよ。いくらなんでも殺すなんて。第一そんなことしたら、あなた自身がどうなるか」

「相手《ヤツ》は人間じゃ無いんだ！」

「でも、恭平さんだわ」

「ユカリ！」

　恭平が紫の両肩を強く掴んだ。

「恭平さん——い、痛い！」

　紫が苦痛に顔を顰《しか》める。

「ゴメン、手伝ってくれるね」

「え、ええ」

仕方なく肯《うなず》く紫《ゆかり》。

その時、ドアホンが鳴り響いた。

「来た」

「恭平さん」

「ユカリ！　ユカリーッ！　開けてくれ。僕だ。恭平だ。大変なんだ」

ドアの外ではもう一人の恭平が叫んでいる。

「どうしよう」

「開けちゃいけない」

ドアを叩く音が段々強くなる。

恭平は紫に持ってきた金属バットを差し出した。

「これを用意してきた。こうなったら先制攻撃あるのみだ。ヤツを中に誘《おび》き入《い》れて決着をつけよう。紫、君はドアの横にいて、このバットで背後からヤツを思いっきり殴れ！」

「私、できない。そんなこと」

「いいか！　よく聞け！　相手は人間じゃ無い！　だからたとえ殺したとしてもそれは〝殺人〟にはならない。本来の状況に戻るだけだ。僕らは元通り一人の僕に還れるんだ。そのためには紫、君の協力がどうしても必要なんだ」

「でも……」

「やるんだ！　僕らが助かる方法はそれしかない！　僕も君も殺されてもイイのか！」

「わかった、やるわ。でもその前に〝ハム吉〟をどこかへ逃がさなきゃ」

「ああ、そうだな。君の大事なハム吉は籠《ケージ》ごとベランダにでも出しておいたほうがいい。巻き添えで怪我なんかさせるとかわいそうだからナ」

「ええ……そうね」

紫《ゆかり》が恭平を見つめた。

「じゃ、いいか？　僕が鍵を開けた後、ヤツが入ってきたら君は背後《うしろ》からソッと近寄ってバットで殴ればいい。あとは僕がやる」

恭平の手には鋭いアーミーナイフが握られている。紫が肯いた。

「いくぞ！　一、二の三！」

恭平がドアのチェーンを外す。

「紫!!」

もう一人の恭平が飛び込んできた。

「エイ！」

紫が思い切り投げたバットが中にいる恭平の手に当たり、ナイフを叩き落とした。

紫はあとから入ってきた恭平の背後に素早く隠れる。

「クッ！」

手を押えながら、中にいた恭平の顔が苦痛に歪む。

「ユカリ！　お前……何をするんだ」

「あなたは恭平さんじゃない！」

「何ィ！」

紫《ゆかり》はゆっくりとベランダを指差した。

「恭平さんなら、ハムスターが〝ハム吉〟なんて名前じゃないこと、知ってるはずよ」

「クソッ！」

中にいた恭平が忌々しそうに吐き捨てる。

「カマかけやがったナ！」

暫く僕と影《キョウヘイ》との睨み合いは続いた。二人ともまったく同じナイフを持ってきていた。

何から何までソックリだった。紫は震えながら双方を見比べている。立ち位置以外は寸分違わぬ姿で対峙する二人に身体中の力が抜けそうになるのを必死に堪えているようだ。

「いったいお前は何者なんだ。どうしてこんな事をする！」

僕は訊いた。

「何者だぁ？　フフン、おかしなことを訊くなぁ。分かってるはずだろ？　僕は君、君は僕だ。僕らは同じ楠見恭平さ」

「違う！　お前は僕じゃない！　本物はこの僕だ！」

「いいや、違わないサ。僕達の関係は〝ホンモノ〟とか〝ニセモノ〟などと言う低次元のレベルじゃない。まぁ、強《し》いて言うならば二人とも本物ってことだ」

「いや、僕は一人だけだ」

「勿論！　しかし事実、僕も君同様、本物なのサ。僕達は二人とも一人…僕も君も僕自身。言い方を変えれば〝楠見恭平〟という個体《ユニット》を構成する部分的要素に過ぎない」

「つまりは、お前は僕の〝影〟なんだろう」

「〝影〟か……。そう、〝影〟と言えばそう言えるかも知れない。しかしそう言う君自身が僕の〝影〟でないとどうして言えるのだ？　〝光〟と〝影〟か？　〝陽〟と〝陰〟？　それとも〝善〟と〝悪〟かな……当然だ、光あるところ必ず影はできる。影を消そうとして光を強くしてもそこにまた必ず影は出る。影があるからこそ、光の存在が証明できるのだ。そして逆もまた然り。光と影は表裏一体、元々一つのものだ。そもそも分けるなんてこと自体世迷言《よまいごと》だ。傲慢《ごうまん》だよ。光だけを残して影を滅ぼすなどということができるはずがない。それは即ち存在自体《そのもの》を否定することだ」

「何を言ってるんだ」

「ハァ……鈍《ニブ》いヤツだなぁ。いいか？　君は僕のことを〝影〟だの〝悪〟だの言っているが、それもまた君だってこと。僕と君が融合し合った最終的な形が楠見恭平という人間を構成する人格なのだ。逆に言えば楠見恭平という概念から僕を取り除いてしまったら君自体も意味を成さない。つまり、君という存在は成り立たないってわけ」

「じゃ、何でお前は僕を殺そうとしている。僕が死ねばお前も無意味な存在なのだろう」

「勿論そうさ。君はいったい僕を何だと思っているのだ。君は幼い頃から両親に大切に育てられ、何不自由無く育った。両親にも先生にも友達にも近所のおばちゃんにまで、〃イイ子〃だと思われようと自分が本当にしたかった事を抑え続けてきた。君はそんな欲望は取るに足らない詰まらないものと常に心の片隅に追いやってきた。しかし、君が制圧克服したと信じ込んでいる本能的な欲望は、この瞬間も潜在意識の奥底に熾火《おきび》のようにチロチロと燻《くすぶ》りながら潜んでいる。決して消えて無くなったわけではない。そうして十数年にも渡り抑圧され凝縮した欲求が解放された姿がこの僕だ。僕は君の本来の理想――〃真の姿〃なのサ。勘違いしないでくれ！　僕は君を殺す気なんてない。君を殺すと言うよりも君を僕の中に取り込むのが目的だ。再融合すると言ったほうが正しいかな。君の〃理性〃とやらは逆転して本能に忠実となった僕の潜在意識として生き続けることになるだろうサ。もっとも、そうなれば君が今後楠見恭平の意識表面に浮かんでくる可能性は二度と無いがネ」

「お前のような凶暴な思考が僕の理想であるはずがない」

「じゃあ訊くが、君は『学校なんか休んで思いっきり遊びたい』とか『欲しいものはたとえ人を傷つけても自分のものにしたい』とか『どんな手を使ってでも他人を蹴落とし、裏切ってでも地位を上《のぼ》り詰めたい』とか『オレに逆らう気に食わないヤツは皆殺しだ！』とか『イカス女は、へへッ紫《ゆかり》みたいな……ナ……こんなイイ女は有無を言わさず力ずくで押し倒して心行くまで強姦《おか》しまくり、いっそ、死んだ方がマシだと思えるほど凌辱の限りを尽くしてやる』――そういった考えに浸ったことは嘗《かつ》て一瞬たりとも無いって言うのか？」

「……」

「な？　そうだろ？　なにも君に限ったことじゃない。誰だってそういった本能的な欲求が現実的に叶えられないことへの不満や鬱憤を抱えて成長していく。世の中、自分の思う通りにしたいと思ってるサ。ただ、理性という自己満足的な見栄で無理やり押え付け、日々ストレスを溜めてるだけだ。一つ一つの欲求はそれ自体、大したもんじゃないかもしれない。だが、特に君のように幼い頃から自分自身のさもしい虚栄心を欺いて生きることに慣れた者にとっては、小さな欺瞞《ぎまん》も十数年間溜まりに溜まって膨大なエネルギーになるものなんだよ。つまり、僕は君にとってガス抜きの安全弁みたいなものなのサ。でないと君の憤懣《ふんまん》はほとんど飽和状態。いつか大爆発を起こして人格が崩壊するからな」

「自分から消える気はないようだな」

「何も今無理やり僕を消す必要は無い。君の欲望が満たされれば自然に消滅するサ」

「人間とて動物である以上、僕らの中に太古の時代から連綿と受け継がれた遺伝子の根底に原始的な闘争本能が今も脈々と息衝《づ》いていることは敢えて否定はしない。しかし、現代の社会集団の中で生活するには個々の欲望は犠牲にして、たとえ否応無くにしろ、ルールを守ってお互いを護《まも》りあわなければ共に生きることなどできない。そのための〝理性〟は個人の是非に拘らず絶対的に必要だ。本能の趣くまま我欲《がよく》丸出しで生きることはある意味で〝自然な本来の姿〟なのかも知れないが、それは決して理想じゃない！」

「ハハンッ、たいしたもんだ。ご立派だよ。この偽善者め！〝共に生きる〟だと？　そんな美辞麗句など〝絵に描いた餅〟だ。実在などしもしない〝理想〟とやらを金科玉条のごとく後生大事に捧《ささ》げ奉《たてまつ》るのがそんなに偉いのか！　本性を曝《さら》け出すことがそんなに恥ずかしいことなのかい！」

「違う！　それも生き方だと言ってるんだ」

「本能で戦い、闘争を繰り返し自然淘汰、勝ち残っていくことこそが自然の姿だ」

「自然淘汰して究極的に勝ち残るのは一人だけだ。一人だけで生き残っても決して繁栄も満足も在りはしない」

「そうして、その〝繁栄〟とやらを求め続けてきた結果はどうだ？　今や地球はボロボロ。空も海も大気《くうき》も汚し放題、宇宙全体から見れば取るに足らない狭い宗教観や独り善がりの欲望のために平気で他人を傷つけ踏み躙《にじ》る。この世の中、何処に〝理性〟があるのだ。役人《うえ》は役人《うえ》で、庶民《した》は庶民《した》で手前勝手な自己主張《ゴタク》ばかり繰り返し、お互いを蹴落とし合ってる。このまま進めばやがて全体が破局《カタストロフ》を迎えるであろうことを充分承知しているくせに重大問題はいつも〝先送り〟。将来、世界戦争が起ろうが、日本が消えて無くなろうが、そんなこたぁ一切お構いなしで、相も変らず自己《おのれ》の利害と現状の快楽だけを論拠とする二次元論的平面思考に終始する。これが本能だ。地球規模でも人間個々でも根幹は同じ。所詮は本能がすべてを制するのサ」

「仮にそうだとしても本能のままに生き、行動することを僕は是《ぜ》としない。本能の力だけで生き残っても決して満足は得られない。新たな目的への欲望を掻き立てるだけだ。それを永遠に続けるのか？　あのハムスターの車輪のように、何時《いつ》まで走っても終わりの無い見果てぬ夢を心に思い描きながら命の尽きるまで、果てしない欲求が未来永劫続くだけだ」

　影の恭平は僕をまじまじと見つめていた。

「フフン…良《ヨオ》く分かった。これ以上、どこまで行っても水掛け論、平行線だ。よかろう。僕を消せばイイ。刺せよ。そのナイフで…但し、これだけは憶えとけ。今ここで僕の言ったこと、どれもこれも、取りも直さず君自身の考えだってことをな。これはあくまで君の中の葛藤《かっとう》〝心の一人芝居《メンタルプレイ》〟に過ぎないのだ」

「何故、融和できない。お前の言う通り、お前もまた僕自身ならば、元に戻れるはずだ。確かに僕の中にお前のような考え方が全く無かったとは言わない。今まで僕は親の敷いた轍《レール》の上を一心不乱に走ってきた。それが紫《ゆかり》と知り合って、唯々一途に突っ走ることをやめ、改めて自分の人生を振り返ってみようと思ったことがお前という〝影〟を潜在意識の底から呼び起こす結果になった、いや、それは単なる切っ掛けに過ぎなかったのかも。要因は恐らくもっと前から、幼い頃から欺瞞と虚栄心に目覚めた僕の目の前に既にお前は姿を現していたんだから」

僕が〝影〟から目を逸らせたほんの一瞬、〝影〟は素早く落としていたナイフを拾うと、僕目掛けて突っ込んできた。

「ダメェ!!」

〝影〟の突き出したナイフの切っ先を遮るように僕との間に紫が割って飛び込んだ。

「ユカリーッ!!」

僕は叫びながら夢中で〝影〟にナイフを突き立てた。

その途端、まるで落雷《カミナリ》のような凄まじい大音響が耳の奥で響いたように感じた。

「恭平さん……」

紫が意識を取り戻したのは、僕が彼女を抱えて必死で揺り起こしていた時だった。

「良かった。気が付いたね」

「どう…なったの？」

「もう心配ないよ。〝影〟は消えた」

「消えた？」

「ああ、結局ヤツは、僕の潜在意識の奥底こそが自分安住の場所だって気付いたんじゃないかな。いくら本能——真実の意識とは言っても人間の行動抑制、つまり理性を超えて表現されることが必ずしも本人にとって幸福かどうかっていう問題は、そう簡単に答えは出せないだろうからネ」

「恭平さん、怪我は？　怪我はしてないの？」

「ああ、紫《ゆかり》のお蔭でね。君が間に飛び込んでくれたんで助かったんだ」

「そう、良かった、ウッ……」

紫が顔を顰《しか》める。

「あっゴメン！　痛かったか？　僕のせいで紫に怪我させちゃった。済まなかったナ」

僕は僕を救ってくれた紫の掌の傷に包帯を巻きながら詫びた。

「重傷《ひど》いの？」

紫はなるべく傷を見ないように顔を背けながら訊いた。

「いや、ほんの擦過傷《かすりキズ》程度だ」

「ホント？」

「これでも医者の卵だゾ。傷跡《あと》も残らずにすぐ治るよ。ありがとう。命の恩人！」

「みんな終わったのね」

「アア、大変だったよ。あれからサァ、騒ぎを聞いて集まってきちゃった近所の連中を納得させて帰すの一苦労だった。なにしろ、ヤツが消えた後、紫《ゆかり》は血を流して倒れてるし、僕はナイフ持ったままだろ？　モロ疑われちゃって、すんでのところで警察沙汰は免れたけど」

「フフフッ、あとでご近所にお詫びに行かなくちゃ」

「そうだね。一緒に行こう。僕は犯人じゃないって証明してくれないとネ。しかし、良く見分けがついたね。何から何までソックリだったのに……」

「ウン、本当言うと私にもよく判らなかった。でも何か違ったの。いつもの恭平さんと」

「新宿駅の時みたいに？」

「ええ……だから、今度は試してみたわけ」

「試した？」

「ソッ」

「あっそうか、ハムスターの名前か？　なるほどね」

「でも。あの〝影〟の恭平さん、嫌な感じだったけど、結局どっちも恭平さんでしょ？　いなくなるとホントにこれで良かったのかなって」

「ああ、僕もそんな気がしてる。確かに僕もアイツも僕自身である事には変わりが無いんだって。もしかしたら〝影《アイツ》〟の言ってた通り、〝影《アイツ》〟こそ本来僕が憧れ、求めていた姿だったのかも知れない。僕は、〝虚栄〟という仮面を被り続けているうちに何時《いつ》の間にかその仮面が真実《ホント》の顔であるかのような錯覚を起こしてたんだ。以前君も言ってたようにもっと自分を信じて、時には本能の言い分も聞いて自分のペースで進んでいくのも必要なのかもな……」

紫《ゆかり》が訝《いぶか》しそうに僕を見つめる。

「恭平さん？」

「ン？」

「本当の恭平さんよね……消えたのは〝影〟のほうですよね」

「さぁて、どっちでしょう」

「ハムスターの名前《こ》は？」

「ハム吉……」

「エッ⁉」

「ウッソ！　キョウヘイ君だろ？　そして、近日中にユカリちゃんと結婚の予定！」

「もう！」

紫が拳《こぶし》を丸めて僕を打つ真似をする。そして、安心したように大きく息をつくと微笑みながらテーブルを見やった。

カゴの中では、キョウヘイが今も本能の趣くまま、カタカタと車輪を回し続けている。

蠱惑《こわく》の囁《ささや》き

「ハイ。本番終了で～す。お疲れ様でした」

　ＡＤが出演者達に向かって大声で挨拶している。緊張に満ちていたスタジオ内が一挙にざわめき出した。

「恭平さん！」

　紫《ゆかり》が一般見学者に混じってスタジオの隅でモニターを眺めていた恭平を目敏《めざと》く見つけ、小走りに駆け寄ってきた。

「紫！　お疲れさん。今日は済まなかったナ」

　恭平が微笑みながら彼女を労《ねぎら》った。

「ううん、こちらこそ。どうもありがとう。めったに無い経験させてもらって」

「今日の紫、一際《ひときわ》輝いてた！　一緒に出演してたバラドルの姫川《ひめかわ》優美《ゆみ》なんて目じゃないね」

「ホント？　ウソでも嬉しいナ。恭平さんにそう言ってもらえて」

　彼女も頬を上気させながら答えた。

「いや、なかなか堂に入《い》ったもんだったよ。紫の演技」

「もう、恭平さんたら！　あんまり揶揄《からか》わないで」

紫《ゆかり》は照れくさそうに含羞《はにか》んでいる。

「そんなことないさ。で、どうだった？　TV初出演のご感想は」

「うん、凄く面白かった。もう、ドキドキワクワク。TVのバラエティ番組ってこんな風に作るのね。ビックリしちゃった。それでね──」

紫がそう言いかけたとき、一人の男がツカツカと近寄ってきて彼女の肩をポンと叩いた。今日のスペシャルゲストの風間《かざま》裕《ゆたか》だった。その甘い顔立《マスク》と声で最近めきめき売り出してきた若手の俳優だ。女子高生《コギャル》やOL達には絶大な人気を博していた。

「ヨッ！　お疲れ。紫ちゃん、良かったよ。カメラ映《うつ》りもなかなか良かったし、素人《トーシロー》にしちゃ、結構イケてたゼ」

「あっ、お疲れ様でした」

紫の表情が微かに強張《こわば》った。その時、風間が恭平の存在に気づいた。

「ン？　なんだ、紫ちゃん、カレシいたんだ」

紫と恭平を交互に見比べながら、風間が一瞬不愉快そうな顔をした。

「ええ」

紫がキッパリと答える。

「そう、ヨロシク…」

彼は握手を求めようとした恭平を一瞥《いちべつ》しただけで、すぐに紫の方に向き直った。

「紫ちゃん、君、ホントに僕が主役《メイン》の『0909恋愛相談室《ワクワク》』、レギュラーで出る気ない？　なんなら僕が事務所、紹介するよ。僕の紹介なら『一発ＯＫ！』さ。その気になったらここへ連絡して」

そう言って、風間は紫《ゆかり》に名刺のような紙片を押し付けた。

「ア、ええ、でも、私……」

「今度相談を兼ねて、ゆっくり食事でも行こうよ。勿論《もち》――」

風間は紫の耳元にグッと顔を近づけると、

「二人きりで……それじゃ」

そう言うと彼はサッと踵《きびす》を返し、軽く手を挙げて彼の親衛隊《オッカケ》らしい女の子達の一団《むれ》へ颯爽と向かって行った。彼女達の嬌声が一段と高まる。

「へえ、紫、天下の風間《かざま》裕《ゆたか》に勧誘《スカウト》されてるんだ」

恭平が感心しながら紫の方を振り返ると彼女は、去っていく風間の背中に向かって思いっきりアカンベーをしている。

「アイツ、大嫌《だいっきら》い！」

「どうした」

「恭平さん、今の見た？　いくら『超売れっ子』だからって！　何なの？　せっかく紳士的に握手を求めてる恭平さんに対してあの態度！　ねぇ、聞いて！　アイツ、凄くイヤらしいの！」

「イヤらしい？」

「ええ、アイツったらね、画面《テレビ》じゃ硬派気取ってるクセに、カメラ撮《うつ》ってないところで私を盛んに口説こうとするの。それどころか身体を押し付けて背中や腰に手を回したり、ムリヤリ手を握ったり、太腿《あし》に触ったりしてくるのよ」

「そんなことしてるのか⁉」

「耳元でね、『○○ホテルの△△階の××号室、特別室《エクストラスイート》予約《リザーブ》してある。今夜二十四時、待ってるから』だって！　私がそう言われてホイホイ訪ねて行くとでも思ってるのかしら！　随分安っぽく見られたものね。あ〜ん、もうサイテー！　いくら台本アリアリのヤラセ番組でも、あんなヤツに『大ファンなんですぅ！』なんて言った自分が情けないわ！」

「まぁ、そうカリカリするなよ。たかが馴れ合いなんだろ？」

「だぁってぇ！　恭平さん、悔しくないんですか？　私がそんな尻軽《かるい》女に見られて！」

「そりゃ不愉快さ。でも、逆に考えれば、それだけ紫《ゆかり》が魅力的だってことだろ？　あの風間《かざま》裕《ゆたか》がモーションかけて来るくらいなんだから」

恭平に誉められて紫もまんざら悪い気はしなかったのか、微かに口元から笑みが零《こぼ》れた。

「それにしても腹立たしいわ。恭平さんのお友達の依頼《たのみ》だから、まだ我慢もするけれど」

「ごめんよ。紫にはいつもイヤな思いばかりさせちまうな」

「ううん。別に恭平さんのせいじゃないもの。それにあの人との絡《から》み以外は楽しかったし」

「そう言ってもらうと、少しは肩の荷が下りるよ」

「ごめんなさい。恭平さんに文句言うつもり無かったんだけど」

「ありがとうな。無理を聞いてもらって」

「どういたしまして。風間裕なんかより、ずっとずぅ〜っとステキな恭平さんのお役に立てるなら。ねぇ恭平さん、私、緊張のしっ放しでお腹空いちゃった。軽く食事しませんか？」

「そうだね。もう十時か、何が食べたい？」

「牛丼！」

紫《ゆかり》が勢い良く手を挙げた。

「プッ！　また？」

恭平が思わず吹き出すと、

「だってぇ、美味しいんですもの。私ね、恭平さんに生まれて初めて牛丼屋さんに連れて行ってもらって、すっかりハマっちゃったの。『世の中にはこんな美味しい食物《もの》があったんだ！』って。私は生まれてこの方《かた》十九年間、いったい何を食べてたんだろうって。牛丼こそ日本が誇る民族料理《エスニック》として世界にもっと知らしめるべきよ！」

「相変わらず、庶民派だね。紫は」

「勿論。早い！　美味《うま》い！」

「しかも安い！　――だろ？」

紫が微笑む。

「楠見！　西澤さん！」

突然の声に僕が振り向くと、ＡＤの橋本和哉《はしもとかずや》がニコニコしながら立っていた。彼は紫に向かって深々とお辞儀をした。

「やぁ、お疲れ様でした。西澤さん、今日は本当にありがとう。お蔭で助かりましたよ」

「いえ、こちらこそありがとうございました」

紫《ゆかり》もピョコンと頭を下げる。

「これ、今日の謝金《ギャラ》です。それと記念品。僅かばかりで申し訳ないんですが……」

「えっ？　いいんですか？　出演料なんて頂いて。素人なのに」

「勿論ですとも。こちらから強引にお願いしたことです。さぁどうぞ。本当に助かりました」

「じゃ、今日は紫の奢りかな？　臨時収入もあったことだし」

恭平が冗談めかして言うと、

「いいですよ。今日は私が何でもご馳走しちゃいますから」

紫が得意そうに頷く。

「でも、何もわからなくて、却ってご迷惑をおかけしてしまって……」

橋本は大きく手を振って、

「とんでもない。担当プロデューサーが貴女のこと誉めてましたよ。『彼女は〈絵〉になる。君にしちゃ怪我の功名、なかなかイイ女性《ひと》が見つかった』って。実際、番組の人気コーナー《メダマ》の『突撃！　お見合い大作戦』で、今日出演する筈《はず》の風間裕の相手役に仕込んだ女性タレントがスケジュール調整でトラブっちまって、本番三十分前にドタキャンかまされた時はもう全員顔面蒼白《ブルー》！　一時はどうなることかと……。で、窮余の一策、たまたまスタジオ見学にいらしてた西澤さんに急遽、無理を承知で出演をお願いしちゃった訳ですけれど、突然のことなのに快く引き受けてくださって、ホントに助かりました。今日、偶然にも楠見が久し振りに訪ねてきてくれてなかったら、危うく僕のクビが飛んでたところですよ」

橋本が恭平に向かって手を合わせた。

「おいおい、僕は仏《ほとけ》さんか？」

「クビって」

紫《ゆかり》が驚いたように言った。

「いや、この業界で主役級の大物タレントの相手役を、しかも生本番で大アナ開けたりしようもんなら、マジでコレもんです」

そう言って橋本は、自分のクビを切る真似をする。

「でもそれって、別に橋本さんの責任じゃ」

橋本は笑いながら首を振る。

「個々のトラブル云々よりも、番組が速やかに進行しないってことはみんなＡ《アシスタント》Ｄ《ディレクター》の責任なんですよ」

「そうなんですか。大変なんですね。私、この世界のこと良く分からないけれど、ＡＤって『監督補佐』って意味でしょ？　監督さんの次に偉いんじゃ」

橋本は頭を掻きながら苦笑した。

「肩書きは偉そうに見えるけど、実際、蓋を開けて見れば早朝《アサ》から深夜《バン》まで出演者や監督《ディレクター》、スタッフ達の小間使い。いわゆる『使い走り《パシリ》』なんですよ。ポッと出の新人《わかて》どころか小生意気な子役《ジャリ・タレ》共にまで好《い》いように扱《こ》き使われて」

「きつい仕事だな。それじゃストレスも溜まるよな。それこそ、忍耐との戦いってヤツか？　もっと楽な部署《しごと》に移れないのかい？」

恭平が言うと、橋本は力無く笑った。

「この業界、何処《どこ》へ行ったって似たようなものさ。でも、好きで入った業界《しごと》だからね」

紫《ゆかり》もこの業界のハードさを改めて知ったようだ。

「ところで……」

橋本が一段声を落とした。

「西澤さん、本番中、風間《かざま》裕《ゆたか》に絡まれてたみたいだったけど」

紫は困ったような曖昧な笑みを浮かべて言い澱んでいる。

「ヤツに誘惑《ナンパ》されたんだと」

恭平が代弁してやると紫も決まり悪そうにコックリと頷いた。

「やっぱりか！　あの外道《げどう》。いやあね、実は奴の態度を見てて、どうも西澤さんに気があるみたいだったんで、そのうちチョッカイ出してくるんじゃないかと気にはなってたんだけど……。本番前に風間が豪《えら》く御機嫌で、今日の臨時の相手役が自分の好みだ、みたいなことをジャーマネ、あっいや失礼、マネージャーに言ってたのをたまたま耳にしちゃったもんだから、西澤さんに余計な事《マネ》しやしないか心配だったんだ」

「なんだ、気付いてたのかい」

恭平が橋本に問い質《ただ》すと、

「ああ。なにしろ、奴の女好きはこの業界じゃ有名でね。ちょっとイイ女だと、見境なく口説きやがって！」

橋本が憎々しげに言い捨てる。

「そんなに女にだらしないのか」

「ああ、厭な奴、鼻摘《はなつま》み者さ。芸も能も無いクセにちょっと人気があるからって、威張りくさって、まるで王様気取りさ！　人を人とも思わない。視聴率《すうじ》が取れるもんだから引く手数多《あまた》だけど、スタッフもいい加減ウンザリ。総スカンなんだ。西澤さんは担当プロデューサーを唸らせるほどの美人だし、心配は心配だったんだ。それにヤツの周辺には色々と不穏な噂もあるし……」

アッサリ白状する橋本に、恭平は少々気色ばんだ。

「何だよ。そういうことは前もって言っとけよ！」

「でも、そんなこと口走って西澤さんに出演拒否でもされたら、マジ、コレもんだからな」

橋本がまた自分のクビを切る真似をしながら言った。

「当然だ！　そうと知ってたら、飢えたハイエナの眼前《めのまえ》にわざわざ上等の餌をバラ蒔くような危なっかしいマネなんぞできるか！」

(〝上等の餌〟って、私のこと？)

紫《ゆかり》がクスクス笑いながら恭平を見ている。橋本は別段悪びれたふうも見せず、

「だろ？　だから言わなかったのサ。僕だって出演をお願いした手前、あの風間《女たらし》が西澤さんに悪戯《わるさ》でもしたら本番中でも飛び出してって、辞表片手にブン殴ってやろうと思ってたけどね。もっともそんなこ

としたら、全国の風間親衛隊《カザマリアン》から撲殺されかねないけど」

恭平が呆れ顔で溜息をついた。

「まぁ、今回は何事も無かったことだし、大目に見るとしよう。ところでどうだい？　久し振りに食事《メシ》でも一緒に。今日はどうやら紫《ゆかり》の奢りらしいし」

紫が笑いながら、恭平をソッと突《つつ》いた。

「本当に、よろしかったら、ご一緒にいかがですか？」

二人が誘うと、橋本は残念そうに首を振った。

「いやぁ、ぜひにと言いたいところなんだけど、実はこの後も二十七時――夜中の三時まで別番組の録《と》画《り》で予定満杯《ケツカッチン》なんだ。せっかくだけど、今度また……」

「そうか」

「じゃ！　今日は本当にありがとう」

橋本はそう言って一旦立ち去ろうとしたが、

「そうだ！　西澤さん。もし、差し支えなければ、メールアドレスと携帯電話の番号、教えて頂けませんか？　後程お礼のメールを差し上げたいんで」

「お礼だなんて、お気になさらないで下さい」

「いや、是非に。それに、今後もまた色々お力添え頂たいこともあるかも知れませんので」

「私がですか？」

紫が恥ずかしそうに言うと、橋本が頭を掻きながら、

「いやぁ、是非お願いしますよ。正直言うと、放送《オン・エア》開始直後からスタッフルームに『今日の風間裕《かざまゆたか》の相手をしてる可愛い娘《こ》は誰？　名前とプロフィールを教えて！』って、問い合わせの電話が殺到してるんですよ。今日の視聴率如何《いかん》だけど、スポンサーが気に入ってくれれば、準レギュラーにってな話《こと》になるかも知れない」

「ホウ。そうなると、紫《ゆかり》も一躍アイドルスターか」

「恭平さん、止めて！　恥ずかしいから」

「じゃ、今日から僕が紫のマネージャーだな。今後、仕事の話は必ず僕を通すように」

「恭平さんったら！」

紫が顔を赤らめながら恭平を突《つっ》く。

「おいおい、そいつぁ困ったな。お前がマネージャーじゃ、出演交渉は難航しそうだな。とにかくアドレスを。それと、楠見マネージャーのもつ・い・で・に教えといて」

「なんだ、僕は〝ついで〟か？」

「いや、悪い。つい口が滑った。失敬失敬！」

橋本が頭を掻き掻き笑った。

「メモか何かあるかい？」

恭平が訊くと、

「ごめん！　俺、すぐ忘れるクセにメモしておかない悪い癖があってね」

「よくそれで業界人《テレビ屋》が務まるな」

恭平が呆れて言った。

「橋本さん、お身体壊さないように頑張ってくださいね」

紫《ゆかり》が先程風間《かざま》裕《ゆたか》に押し付けられた紙片の裏に自分と恭平のアドレスを走り書きして渡しながら気掛りそうに言った。

「ありがとう。楠見、お前が羨ましいよ。こんなステキな女性《ヒト》、当世《いまどき》探したってなかなか見付からないぜ。幸子《さち》にも見習わせたいよ。大事にしてやれよ」

紫の優しい心遣いになにやらグッと来るものがあったのか、橋本は目を潤ませて、鼻を啜《すす》りながら呟いた。

「いい方ね」

紫が去ってゆく橋本を目で追いながら呟いた。

「ああ、彼の誠実さは保証するよ」

「ねぇ、恭平さん」

紫が突然思い出したように恭平に話し掛けた。

「何?」

「私、気がついたんだけど、TV局の人って面白い言葉を使うのね」

「面白い言葉?」

「さっき、本番前のカメラ・テストのとき、『そこ、ちょっとワラッて!』って言われたの」

「笑って?」

「そう。だから私がニコッって微笑んだら、あれは本当は『そこ退《ど》け！』って意味なんですってね。私のほうが皆に笑われちゃった。恥ずかしかったぁ」

「へぇ……」

「それにね、何でもひっくり返して言うの」

「この業界の言葉は元々『楽隊用語《ドンバババーコト》』なんだ。『女《ナオン》』とか『遁走《トンズラ》』『話の種《ナシネタ》』『食事《シーメ》』『現金《ネーカ》』『JAZZ《ズージャー》』『美《マイ》味《ウー》』『恐喝《カシオド》』『助平《ベースケ》』『男色《モーホー》』『女房《チャンカア》』『紫の乳房《リーユカバイオツ》』なぁんちゃってナ」

「ヤダ！　恭平さん」

紫《ゆかり》が反射的に胸をおさえ、頬を赤らめながら恭平を小突いた。

「だから『ズーミーのガレナーにズンタッタ』」

「何ですか？　それ」

「水の流れに佇《たたず》んだ」

「ヤダァ！　可笑《おっか》しい～！　何でそんなことまで知ってるんですか？」

「橋本《ヤッ》に教わった」

そう言いながら恭平は紫の方を向いたまま、親指で去っていく橋本を指差した。

楽しそうに笑いながら、恭平の腕に縋《すが》りつく紫の姿をスタジオの入り口のところでジッと見つめる、紫の身体を舐め回すように注がれる淫靡《いんび》な鋭い視線をその時はまだ誰も気付いていなかった。

翌々日。

バイト仲間の壮行会で遅くなり、疲れ切って熟睡していた紫《ゆかり》の携帯が突然激しく鳴った。

「はい……」

「紫か？　起こしてごめん…僕だ」

「恭平さん？　どうしたの？　こんな時間に、まだ明け方の五時よ。痛々《つっ》……」

「どうした？　酒も飲めないクセに二日酔いか？　昨夜の電話の様子じゃ、大分でき上がってたみたいだけど……」

「ウン、ごめんなさい。ちょっと…ウ…調子に乗って、ワインとか…飲み過ぎちゃった……」

「済まないな。気分最悪の時に起こしちまって。また後で掛け直す」

普段とは違う恭平の声に異常を感じたのか、紫の心臓までが高鳴り始めた。

「ううん、いい、いいの。それより恭平さん、声の様子がおかしいわ。何かあったの？　そう言えば夕方電話した時、調子悪いから早めに寝るって言ってたけど」

「いや、身体のことは取り敢えず大丈夫だ。良くなった。実は――」

「なぁに？」

「橋本和哉、憶えてるだろ？」

「橋本さんって……、ええ、先日《このあいだ》のＴＶ局のお友達でしょ？」

「奴が、死んだ……」

「なんですって!?　だって、一昨日《おととい》お会いした時はあんなにお元気だったのに」

「自殺…したんだ」

「自殺!?　何でまた……」

紫《ゆかり》の中に衝撃が走った。思わず手にした携帯を取り落としそうになった。

「ほんの少し前に幸子《さちこ》――彼の妹から電話があった。十階の自宅マンションのベランダから発作的に飛び降りたらしいんだ」

「どうして…」

「彼女の話では、どうも過労に因るノイローゼが原因らしい」

「ノイローゼ……」

（ノイローゼ？　数日前、あんなに楽しそうに『この仕事が好きだ』と言っていた橋本さんが自殺なんて……）

紫は思った。

「『俺は死ななければならない』とメモに乱暴に走り書きがしてあったそうだ。仕事に行き詰まりを感じたのかも知れないって」

「メモに……」

（変だわ。いくら思い詰めていたとしても、そんなダイイング・メッセージなんて……）

「紫……紫、聞いてるか？」

紫がだまっているのを心配したのか、恭平が不安そうに訊き返した。

「え？　ええ、聞いてる、聞いてるわ」

「それで、今夜の六時から通夜なんだが、君も行くか？」

「ええ、伺うわ。勿論」

「じゃ後で迎えに行く。それと、ちょっと気になる事があるんだ」

「何？　気になる事って」

「君、橋本にメール送ったろ？」

「ええ、確かに昨夜《ゆうべ》、先日の御礼にって、橋本さんからメールが届いてたんで、ほんの二言三言返信を……」

「彼はメール見ている最中に飛び降りたらしいんだ。デスクトップのメールが開いたままだったらしい。で、そのメールの発信人が……」

「私なの？　そ、そんな……」

紫《ゆかり》の心はまるで強烈なパンチを喰ったかのように、一瞬気が遠くなりかけた。

（だって、だって！　なんの変哲も無い、ほんのお愛想程度の返信だったのに！）

「紫、紫！」

「ア、あっ、聞いてるわ」

「大丈夫か？　なんか心配だな。とにかく、これからそっちへ行く」

それだけ言うと恭平からの電話は切れた。しかし、その後も紫は携帯を耳に押し当てたまま、暫くの間、全く身動きができなかった。

「ごめんよ。僕のせいでいつも紫を面倒な事に巻き込んじまうな」

「そんなことない。大丈夫、気にしないで」

橋本の通夜から帰り、喪服姿の紫《ゆかり》は平静を装うように微笑んだ。しかしその表情に残る極度の緊張とショックによる激しい憔悴の跡が却って痛々しかった。

「言い古された言葉だけど、人の命なんて儚いもんだな」

「ご両親や、特に妹さん、相当気落ちしていたわね。無理ないけど」

「仲のいい兄妹だったから。兄妹というより恋人どうしみたいだった。僕もサチ…幸子《さちこ》のことはまだ彼女が小学生の頃から知ってるからな」

「私の名前聞いた途端、泣きじゃくってたし。私、やっぱり、来なければよかったな」

紫も肩を落としている。

「別に紫のせいじゃない」

「でも、妹さん、まるで私がお兄さんを死に追いやった張本人みたいな目で私を見てた」

「気のせいさ。兄貴のことを思い出しちゃったんだろう。いつもブラ・コンじゃないかと疑いたくなるくらい『兄貴ベッタリ』だったからな」

「気持ち分かるな、なんとなく……」

「幸子の？」

「うん。私だって、もしも恭平さ――最愛の人を突然失ったりしたら、きっと、泣いて泣いて、いっぱい泣き尽くして、私、『後追い』しちゃうかも……」

恭平は紫の肩を優しく抱いた。

途中、『厄落とし』に立ち寄った喫茶店で取り敢えず紅茶を注文したものの、二人ともカップに注がれたその琥珀色の液体から立ち上る湯気をジッと見つめたまま、しばし手を出そうとはしなかった。

「しかし、どうも納得いかんなぁ。幸子の説明《はなし》。いくら橋本が精神的にマイってたとしても行動がまったく普段のヤツらしくない」

「そうね、納得いかない」

恭平が驚いたように紫《ゆかり》を見た。

「君もそう思うのか？」

「えっ、あっ、そうネ。でも、私はまだ一度お会いしたきりだから、橋本さんの性格《ひととなり》は良くわからないけれど、行動心理の面から言っても、先日のＴＶ局での会話に関する限り、橋本さんが何か悩んでいたような兆候は見えなかった。それより、私が言うのは…妹さんの状況説明《はなし》」

「何か気になるのか？」

紫が躊躇《ためら》いながら頷く。

「うん。些細《こまか》な事だけど、状況《はなし》を聴いてて『あれ？』と思う事があった」

「どういうこと？」

「妹さんの話では、橋本さんが飛び降りたのは午前三時半前後。橋本さんのところに着いた私のメールを開いたのは橋本さんが帰宅した直後の昨夜の午前零時半ごろ。で、そのメールは帰宅とほぼ同時刻に受信したものらしいと言ってたけれど……」

「だから？」

「おかしいの」

「どこが？」

「私のメールを受信したのが午前零時半ごろって」

「うん、そう言ってたな」

「私、昨夜はムリヤリ駆りだされた『飲み会』で飲めないお酒を飲まされて、もう眠くて眠くて。確か十一時半には寝ちゃったの。ほら、私、ベロベロに酔っぱらって恭平さんに電話したでしょ？」

「ああ、確か十一時チョイ過ぎだったよな。〇〇TVの『ニュース最終便』やってたから。紫《ゆかり》、そうとうデキ上ってたもんな」

「ホント？　あの……私、恭平さんに何か失礼なこと言わなかったですよね？」

「ああ、『橋本からお礼のメールが来てた』って」

「それだけ？」

　ホッとした様子で紫が大きく息をついた。

「それから『キョーへーサ～ン、あいたいよぉ！　これからそっちへ行ってイイ？』とか『だいだい、だぁいすきぃ！　わぁ～い、言っちゃった言っちゃった！　キャッホッホー！』とか、独りでけっこう盛り上がって、楽しそうだったけど、別段ヤバイことは……」

「私、そんなことを!?　ヤダァ！　充分言ってるじゃないですか！　恥ずかし……」

　紫が真っ赤になって俯いた。

「何だ！　何も憶えて無いのか？」

「ウ、ウン…」

「『私《わらし》、泣き出したいほど寂しいにょ…』って、ケタケタ笑いながら告白《コク》ってたのも？」

恭平が些か呆れ顔で言った。

「ごめんなさい。だらしない飲み方して。でも、酔っぱらって帰ってきて、睡魔と戦いながらメールの返事書いたり、一人でジッとパソコンの画面見てたら、何だか無性に恭平さんの声が聴きたくなって」

「本当に来ちゃいそうな勢いだったゼ」

恭平も苦笑しながら答えた。

「でも、電話で恭平さんに無事帰り着いた報告して安心したら、急に意識が朦朧《もうろう》となって」

「で、寝ちゃったって訳？」

「ええ、だから……」

「？」

「私、真夜中の零時半にメールなんて打てるハズがないもの」

「!? でも紫《ゆかり》が打ったという意味じゃなくて、橋本がメールを開いた時間って意味じゃ……」

「でも、それにしたって私のメールの着信時刻が零時二十五分なんて表示が出るはずが……」

「なんだって!?」

「私が橋本さんにメールを打ったのは、ハッキリ憶えて無いんだけど、確か、午後十一時少し前頃だったと思う。帰ってきて、そんなに経ってなかったから」

「間違いないのか？　勘違いってことは？」

「少なくとも恭平さんへの電話より後ってことは無いわ。家へ行って発信記録を見れば判るわ。多分」

「そのことは幸子に話したのか？」

「うん、『着信した時刻がおかしいような気がする』って」

「なんて言ってた？」

「あまり問題にしてなかったみたい…『貴女の記憶違いだろう』って。きっと、言い訳だと思ったかも」

「だって、紫《ゆかり》のアリバイを左右する大事な事実《こと》じゃないか！」

「アリバイなんて。恭平さんまで私を殺人犯《ひと》みたいに！」

「違う！　誰も紫のせいだなんて思ってないよ。無論、犯人は別にいるさ」

「ちょっと待って！　犯人は別にって」

「僕の直感だけど、橋本は誰かに殺されたんじゃないかと思う」

「なんですって!?　でも、自分から飛び降りたんでしょう？　自殺なら」

「自殺みたいだけど、そうじゃないかも知れないだろ？　橋本が仕事で疲れていたのは事実だろうが、あんなに忍耐強い、つい先日も『この仕事が好きだ』と言ってた彼が、いくら衝動的とは言え、仕事上の悩みで自殺するなんて、信じられない。彼の性格から見ても僕には納得がいかない」

「でも、自殺を仄《ほの》めかす自筆のメモがあったのでしょう？」

「それもおかしい！　実はさっき通夜の席で、弔問に来ていたＴＶ局関係の連中にそれとなく訊いてみたんだが、最近彼が特に重大な仕事上のミスをしたという事実は無いって。それにメモの件だって、遺書ならともかく……幸子が言ってたろ？　『乱暴な走り書きのような』って。それとヤツも確かこう言ってた。『自分はメモをとる習慣がない』って！」

「誰かに書かされた？　それじゃ、橋本さんの自殺には何か裏があると？」

「今はそこまでは判らない。とにかく紫《ゆかり》の家へ行って確認しよう」

紫も不安げに同意した。


「ほら、ほら、見て！」

紫に促されて、恭平は彼女の部屋のパソコンのメールの発信記録を見た。確かに紫が橋本宛に発信したのは昨夜の午後十時五十六分となっている。

「ね」

「さすが、泥酔してても記憶は確かだね」

「もう」

紫が恭平を肘で突っつく。

「とすると、紫の打ったメールが橋本に届くまで一時間半も掛かったって事か？　バカな！　有り得ない。管理者側《プロバイダー》のシステムにトラブルでもない限り、極めて不自然だ」

「あっ！　恭平さん！　これ！」

紫が驚いたように画面を指差した。

「どうした？」

「風間《かざま》 裕《ゆたか》からメールが来てる。一、二、三……五件も！」

「風間から？　ヤツにメールアドレス教えたのか？」

「いいえ。教えてなんかいないわ。自分はパソコンが趣味で、ソフトも自作できる。自作のゲームソフトを送るから、アドレスを『教えろ！　教えろ！』ってしつこく言ってたけど、適当にはぐらかしてた」

「ふぅん。じゃ、どうやって調べたんだろう。紫《ゆかり》、最近他に誰かアドレス教えたか？」

「橋本さんに教えたじゃないですか！　私と恭平さんのアドレス」

「そうだ、それだけ？」

「ええ。でも、どうして？　橋本さんは風間 裕を嫌ってたし、私のことで凄く怒ってたじゃないですか。それなのにアイツに私のアドレスを教えたりするかしら」

「そうじゃないよ。橋本なら脅されてもヤツには教えたりしないさ」

「だったら！」

「狭い芸能界の中だからな。況《ま》してや風間ほどの大物タレントなら、彼の権力《ちから》を以てすればそれくらいは簡単に調べがつくだろう。例えば、取巻きや付き人に調べさせるとか」

　紫が風間からのメールを開いてみる。

「何だい？」

「食事の誘い、プロダクションの入社のこと、合コン、ドライブ……、これからもこんなのがいっぱい来るのかしら。憂鬱《ゆううつ》だなぁ」

「放っとけよ！　いちいち返事なんぞ出す必要ないよ。無視してろ」

「返事をくれないのなら手段はある、だって！　まるで脅迫状だわ」

「逆ギレしてやがる。『ネット・ストーカー』だな。こうなると」

「恭平さん、これ見て」

「『カリーハウス〝インダス〟の〈カリー・カシミール〉は激辛で美味《うま》いんだって？　近々お邪魔するから、うんとサービスして欲しいな。僕とツーショットのサイン入りパネルでも飾っておけば千客万来！　店に貢献したって、君の評価《かぶ》も上がるってもんさ。確か八時には仕事終るんだろう。六本木にチーズ・フォンデュの美味《おい》しい店を見つけたよ。君の名前で予約しておいた』か。かなり強引だな」

「どうして!?　どうして、私のバイト先のことまでこんなに詳しく知ってるの!?」

「ヤツめ。初めて会ってからたった二日しか経ってないのに、紫《ゆかり》の身辺《こと》を相当調べ上げてるな」

「こっちのは、つい一時間ほど前に来たメール。『時が全てを忘れさせてくれる。一時の悲しみも…いつかは懐かしい想い出に…僕が力になる』ですって」

「何のことかな。意味がわからない」

「あっ、以前にあの人が言ってた自作のゲームソフトが入ってる」

「やってみる？」

「イヤッ！　そんなの！　削除しちゃって！　恭平さん、どうしよう。私、怖いわ」

紫が助けを求めるように恭平を見つめた。

「風間《ヤツ》のアドレスに対する『着信拒否』の手続きをしておけよ！　それと、バイト先へは病気だとかいって、暫く休んだ方がイイ。これ以上エスカレートするようなら警察へ通報しよう」

「取り合ってくれるかしら」

「奴のように芸能界に幅を利かせられる人間は、多少の不祥事《ゴシップ》は所属事務所が揉み消すだろうな。でも、少なくとも奴に対する牽制にはなる。暫くここでメールは開くな」

紫《ゆかり》が震えながら頷いた。


紫は結局、一人きりになる恐怖に耐え切れず恭平のアパートへ一緒について来てしまっていた。

「紫、どうする？　今夜は泊まってくか？」

紫が躊躇いも無く頷いた。

「ウン、また一人で居ると怖いもの」

「ＯＫ！　分かった！　泊まってけ。でも今日はいいとしても、なぁ……」

「恭平さん、怖い事言わないで！　そんな事言われたら私、本格的に帰れなくなっちゃう！」

「また、この前の『己の影《ドッペルゲンガー》』の時みたいに？」

（そう、あの時…僕が紫と知り合ったあの時から、僕の人生観は大きく変わった…彼女に出会わなければ僕はいまだに無意味な時間をダラダラとすごしていただろう…ある意味僕は彼女によって無味乾燥な孤独から解放されたのだ…）

「ヤダァ！　もう、そうやって脅かすんだから！　シャレにならないですよ！　私、ずっと帰れなくなっても知らないから」

「ずっと？」

「そう！　ずぅ～っと！　いいんですか？　それでも…。あ～あ、怖いから、いっそのこと、ずぅ～っとここに住み着いちゃおうっかなぁ」

紫《ゆかり》が独り言めかして恭平を流し見た。

「時々、ドキッとするような大胆発言するね。紫は」

「だってぇ恭平さん、ちっとも……」

紫が焦れたように独りごちた。

「分かったよ。取り敢えず明日、当面必要な身の回りのものを取りに行こう」

恭平が言うと、

「うん」

紫が頷く。恭平には見えなかったが、その表情は微かに笑みを含んでいた。


「恭平さん」

「ン？」

紫がテーブルの上の節分用の豆菓子の袋を手に取って、不思議そうに首を傾げている。

「今は『七五三』よ。こんな季節外れに『豆まき』するの？」

「ウン？　ああ、それ？　好きなんだ。ソイツを肴《つまみ》にワインをね。コーラでもコーヒーでも合うんだぜ。大豆タンパクだから健康にもいいし……」

「変わってる」

「意外と美味いんだ。適度な塩味とポリポリ感が堪《たま》らん！　一緒に住む気なら、そいつにも馴れておいてほしいな」

「ふぅん。少し頂いてもイイ？」

「ああ、どうぞ。キッチンにワインもあるから」

紫《ゆかり》が紙皿に豆菓子をザザーッとあける。

カリ、ポリポリ、遠慮がちに豆を齧る音が可愛く響く。

「美味しい！」

紫が驚いたように呟いた。

「な？」

「うん、とっても美味しい。へぇ、知らなかった。恭平さんと一緒に居るといろんな『美味しい発見』があるわ」

「何を妙な感心の仕方してるのさ」

「だって、小さい頃は豆まきの後『年齢《とし》の数だけ』しか口にしたことなかったから、家ではこれを酒の肴やオヤツに、なんて発想、思い付かなかったもの」

「こいつをフライパンで醤油を塗《まぶ》しながら炒《い》って食うのも美味い。醤油の焦げる香ばしい匂い。これがまた堪らなくグッド！」

「ふぅん」

「勉強《タメ》になるだろ」

「うん、ステキ」

「ワイン飲もうか。グラス出してきて。場所、知ってるよね」

「はぁい」

紫《ゆかり》がいそいそとテーブルに二人分のグラスを置いた。

「さぁ、橋本の冥福を祈ってやろう。親友だった。一度、三人で膝を交えて飲みたかったな……」

紫が頷いた。


「あっ！　そうだ！」

暫くして、恭平が思い出したように言った。

「そう言えば昨日のメール、まだ見てないや」

「エーッ！　恭平さん、まだ見てくれてなかったんですかぁ？　私、眠いの我慢して、一生懸命伝言入れたのにぃ」

「だから、昨夜は気分が悪くてサ。話したろ？　メールも何も見ないで寝ちゃったって」

「あっそうか、ねぇ、せっかく入れたんだから読んで」

「ＯＫ！　開けてみよう」

液晶ディスプレイの画面が徐々に光を帯びてくる。

「えーと、メール、メールと。十六件？　随分溜まったな。ええっと、これはイイ。こいつもいらないっと。あった！　紫《ゆかり》の『愛の伝言』。こいよ。一緒に見よう」

「イヤ！　恭平さんの目の前で一緒になんて、恥ずかしくて見られる訳ないでしょ？」

「なんだ。そんなに恥ずかしい内容なの？　まさか紫のヌードとか？」

「ち、違いますよ！　でも、恭平さんのスケベ……」

　多分、気恥ずかしさと、脅迫メールの恐怖を忘れようとしているのであろう。紫はわざと画面を見ないように背中を向けてワインを何杯もついでは一気に呷《あお》っている。

「はぁ、美味しい」

　恭平は盛んにキーボードを叩きながら、

「紫、大丈夫か？　そんなにグイグイ呷って！　昨日の今日なんだから呑み過ぎるナよ」

「……」

「おい、聞こえてるのか？」

　何も答えない紫に恭平が念を押すと、

「ら……（ヒック）大丈夫《らいじょうぶ》れすよ」

「え？」

「なあに、言ってンれすか……これ……（ヒップ）……位《くれえ》の酒れ……」

「紫、おい……」

「はぁ～、私《わらし》、お酒、あんまし強くないのに二日もレンチャンでこんなに呑んらら、二日酔いろころか三日酔いになって、倒れっちゃうかも……。ねぇ、恭平さん、あ～！　そうら、思い出《ら》した……。私《わらし》、誕生日、来月らから、あと一ヵ月は未成年らった。非道《ひろ》いじゃないれすか！（ウップ）嫌がる二十歳前の娘にムリヤリお酒呑ませるなんて……こりゃもう、立派な犯罪れすよ。酔い潰れて、身体《からら》の自由の利かなくなった私《わらし》をいったいいろうしようってンれすかぁ？　ねぇ……ねぇったら、恭平しゃん！」

紫《ゆかり》の呂律がかなり怪しくなってきた。ワインの一気呑みが相当効いているようだ。

「おいおい、大丈夫か？　ムリヤリって、自分からグイグイ呷ってるンじゃないか。計画的犯行だぞ。OK！　分かった。僕も未成年者の非行に荷担した責任をとって、倒れたらちゃんと介抱してやるよ。えっと？　添付のクロスワードを二時間以内に解いてください。私の『愛のメッセージ』が表れます……か。へぇ…酔ってた割には凝った事してるじゃないか」

「えっ⁉」

紫がこちらを向いた。

「なんれすか？　それ！」

「だから紫の……」

「私、そんなメール送ってない！」

「だって、ここに……」

近寄って来た紫も不審げに画面を覗き込んでいる。

「恭平さん！　これ、私のメールじゃない！　私が打ったのとは別ですよ」

「なんだって⁉　でも、ネームが〝Yukari_Nishizawa〟って……」

「だってほら！　確かに名前は合ってるけど、ネッ、良く見て！　アドレスが違いますよ。管理会社名《プロバイダー》も違うし、第一、私、ハンドルネームをアルファベットで書いたりしません」

「そうか！　そう言われれば……。よく見なかった。言われなきゃ見ないものなぁ。プロバイダーが違ってるかどうかなんて……。でも、〝Yukari_Nishizawa〟ってあったから、てっきり」

「これはきっと別のニシザワユカリよ。私じゃない！　私のニセ者だわ」

「ニセ者!?　とすると誰なんだ。この発信者は。ニセ者だとしたら、何のために」

「分からない。でも、偶然にしてはでき過ぎですよね」

「ふぅん」

腕組みをして何やら考え込む恭平を紫《ゆかり》が不安げに見つめている。

「とにかく、この添付ファイルを開けてパズルを解けば、正体が掴めるかも知れない」

紫が頷きながら、恭平と並んでイスに座ると謎のメールに添付されたファイルを開いてみた。


時間は刻々と過ぎてゆく。クロスワードを解くにはかなり集中力がいる。

「この画面、妙にチラチラするな。目が疲れるよ」

「ほんと、解像度が悪いのかしら」

「そうでもなさそうだが」

気が付くと、微かにザーッという音が聞える。

「雨かしら」

紫が呟いた。

「恭平さん」

「なに」

「窓、開けてもいい？」

見ると、心なしか紫《ゆかり》の顔色が悪い。

「いいけど」

「私、ワインが効いたのかしら。さっきから少し頭が重くて、眩暈《めまい》がするの」

「ほらぁ、言わんこっちゃない！　だから飲み過ぎるなって」

「恭平さんは？　大丈夫？」

「うん、大丈夫、と言いたいところなんだけど、実は僕もなんだ。おかしいな。普段、このくらいのワインで酔うはずは無いんだが。眩暈はしないが妙にソワソワと落ち着かない。紫は少しベッドに横になってろよ」

「少し吐き気もするの。それに耳鳴りも……。悪酔いしたのかしら。チャンポンなんかしてないのに……。お豆に中《あた》ったってことは……」

「そんなことは無いだろう。僕は同じ袋の豆を昨日も食べてるし」

「でも、あの豆……あーっ！」

紫がスピーカーの上に載せてあった豆の紙皿を指差し、大声を挙げている。

「どうしたんだい」

恭平は相変わらず画面を注視したまま訊ねた。パズルを解くのに躍起になっている。

「恭平さん！　ダメ！　私、やっぱり酔っぱらってる」

「なに」

「幻影《まぼろし》が見えるの」

「だからなにが！」

「豆が、豆がダンスしてる」

「なに言ってんの？　ホントに飲み過ぎだゾ！　なんだって豆が……」

恭平が紫《ゆかり》の指先に目を向けると、皿の上の豆が一斉に細かく飛び跳ねて、勝手に皿から零れ落ちている。先程から聞えてくるザーッという音は、この豆がたてていたのだった。

「なんだ？　これは、なんの音もしてないのに、いったいどうして……ハッ！　紫、退《ど》け！　スピーカーから離れろ！」

「な、なに？　どうしたの？」

「なんでもいいから離れろ！」

恭平がいきなり紫の身体を突き飛ばした。

「恭平さ……キャッ！」

恭平が今度は紫の身体を抱《だ》き抱《かか》えて肩に担ぐとスピーカーボックスから少し離れたベッドに乱暴に押し倒した。

「きょ、恭平さん！　いきなりなにを。さ、さっきのは、ホンの冗談で」

「電源を、パソコンの電源を切らなくちゃ」

恭平は素早くデスクの下に潜り込んで、パソコンの電源プラグを強引に引き抜いた。

画面が消去《ブラックアウト》すると同時に豆も飛び跳ねるのを止めた。部屋に静寂が戻った。

恭平はガックリと膝をついたまま、大きく息をしている。

紫《ゆかり》はあまりの異常な出来事に虚を衝かれたまま、暫く動く事ができないでいた。

「恭平さん」

やっとのことで紫が身体を起こし、恭平に駆け寄った。

「大丈夫?」

「ああ、なんとかな」

「どういうこと? いったい、何があったの?」

「クソ、もっと早く気が付けば」

「だから、いったい何が」

「サウンド・オブ・サイレンス」

「え?」

「音の無い音サ」

「音の無い音って?」

「低周波音だ」

「低周波音?」

「ああ」

「なんなの？」

「電磁波さ」

「電磁波？　どういうこと？　さっぱり解らないわ」

恭平は大きく息を吸って呼吸を整えてから、紫《ゆかり》の方に向き直ると噛んで含めるように説明しだした。

「いいかい、僕等の耳は音を振動として捉える。可聴範囲は人にもよるが、おおよそ十六Hz《ヘルツ》から二万Hz程度までだ。その範囲を超えると、周波数が高くても低くても聞えなくなる。いわゆる『音の無い音』だ。そして、だいたい一万五千Hz以上のものを高周波、百Hz以下のものを低周波というんだ」

「それで？」

「高周波は例えば電子レンジやテレビ、マイクロウェーブ、衛星通信などに広く利用されている。一方の百Hz以下の低周波――これとても、所謂家電製品といわれるような、家庭電力を利用するほとんどのものから発生しているんだ。その他、自動車、電車……もちろん、自然界においても火山性微動のように、低周波の発振源はそれこそ無数にある」

「でも、それなら」

「ああ、通常でも我々は低周波ノイズの渦の中で生きている訳だが、実はこいつがクセ者でね。特に十六Hz以下の超低周波は、長時間に渡って曝されていると、人体に非常な悪影響を及ぼすことが最近知られてきているんだ」

「悪影響？」

「ああ、超低周波を長時間浴び続けると、人によっては頭痛、眩暈、耳鳴り、吐き気、動悸といった症状を引き起こす。まだ因果関係が確認された訳ではないが、強力な低周波を出すといわれる送電線の近くに住んでいる子供達は、その他の地域の子供達より白血病に罹《かか》る率が高いという研究結果もあるんだ」

「でも、よくある『低周波治療機』なんてのは健康にイイんじゃ」

「うん、詳しい原理は僕も知らないが、要はそういった低周波の性質を逆利用するものなのさ。我々の身体は寒いと震えが来る。これは身震いをすることにより身体に振動を与え、熱を発生させて体温が低下するのを防ごうとする本能的な働きなんだけど、それと同じで物質は振動させれば発熱する。その原理を応用して物質に高周波の超高振動エネルギーを当てて高熱を発生させ、調理するのが電子レンジだ。逆に五十Hz以下の低周波のゆっくりとした振動数を伝える電極を身体にあてがうと、高熱の発生の代わりに身体をマッサージしているのと同じ効果で血行が良くなり、ポカポカと温かくなって、血行不良から起きる『凝り』を解きほぐすってわけ。そのゆっくりした振動波を受けて細かく振動しているスピーカーの上に例えば豆のような軽い物を載せるとその振動を受けてピョンピョン飛び跳ねるのさ。その振動エネルギーはスピーカーを通して空気中を伝わり、ロウソクの炎を揺らしたり、薄いガラス戸なんかはビリビリと震えたりするのさ。そのエネルギーが生物の大脳にも、さっき僕等が感じたような症状となって、少なからず影響を及ぼすことが知られているんだ」

「だって、低周波ってパソコンからだって、TVからだっていつでも出ているんでしょ?」

紫《ゆかり》が訊ねる。

「確かにね。でも、ごく普通の使い方をしていて出る低周波はモーターなんかの駆動部のノイズから出るもので、あんなふうに豆が飛び跳ねる程の力は持っていない。短時間の内に身体に変調を来《きた》したり、豆が踊り出したりするほどの強力なエネルギーはむしろ意図的に、例えば、パソコンの音源回路《サウンドボード》なんかを利用して出しているとしか思えない」

「そんなことができるの？」

「高性能な音源回路を持ったパソコンなら、基本的にはどんな音でも再現できるさ」

「でも、何の目的で」

「そいつぁ僕にも分からない。でも、とにかく何かしら目的があるはずさ」

「何のために。それに恭平さん宛に送ってきたニシザワユカリっていったい……」

「いずれにせよ、これは単なる偶然じゃないな」

「どういうこと？」

「何か繋がりがある。紫《ゆかり》の名さえ出せば、僕がいちいちホンモノかどうかなど確認せずに無警戒でファイルを開くと確信しているヤツだ。つまり、僕と紫の関係を充分知っている者がやってるんだろう。でなければ、こんな杜撰なやり方では普通はまず通らないサ」

紫が何か急に思いついたように手を打った。

「そう言えば」

「何」

「以前に三枝講師《さえぐさセンセイ》、憶えてるでしょ？　あっ今は助教授だけど」

「ああ、紫のゼミの……」

「そう、その三枝助教授が、『魔の踏切』のことを話してた」

「どんなこと？」

「つまり、事故や自殺がやたら多いいわゆる『魔の踏切』では地磁気による磁場の異常が起きていて、そこに発生する特殊な電磁波が人間の脳に影響を及ぼし、恐怖心や警戒心といった自己防衛の機能を狂わすらしいってこと。つまり『迫ってくる電車のヘッドライトが綺麗な光の雲に見えたり、警笛がステキな音楽に聞えたり』」

「その『脳に影響を及ぼす特殊な電磁波』ってのが、つまり」

「低周波なのかも！　私、三枝助教授《センセイ》に訊いてみます」


「君たち、久し振りに二人揃って顔を出したと思ったら、またもや大変なものを持ち込んでくれたねぇ」

数日後、半年振りに恭平達が訪れた研究室で、三枝亨《さえぐさとおる》は難しい顔をしながら言った。

「と、仰いますと？」

三枝は腕組みをしながら頻りに顎を摩《さす》っていた。かなり言葉を選んでいる時の彼のクセである。

「西澤君が転送してきたあのメールを音響工学の講師をしている僕の友人の研究室に持ち込んで調べてもらったんだが」

「……」

三枝は二人をジッと見つめた。

「あのメールは本当に、『ニシザワユカリ』の名前で楠見君宛に送られてきたものなんだね？」

「ええ」

「君、誰かに恨みを買うようなことは？」

「さぁ、特に心当たりは」

紫《ゆかり》が怯えたように三枝を見つめている。

「西澤君に言い寄る男共を蹴倒して、彼女の心《ハート》を射止めたことによる恋敵の仕返し……」

「助教授《センセイ》！　こんな時に冗談言ってる場合じゃありません」

紫が三枝に食ってかかる。

「それがまんざら冗談でもない。結論から言ってしまおう。あれは『殺人メール』だよ」

「何ですって⁉」

「正確に言うと、『自殺教唆《きょうさ》メール』だ」

「自殺教唆メール⁉」

「つまり、これを作った当人が遠隔操作《リモートコントロール》的に楠見君を自殺に導く目的で送ったメールだ」

「恭平さんを自殺させる」

卒倒し、イスから落ちかけた紫を恭平と三枝が危うく抱き抱えた。

幸いにも紫はすぐに気が付いた。恭平も三枝も一様にホッとしている。

「恭平さん」

「大丈夫か？」

「ええ」

三枝が大きく溜息をつきながら言った。

「良かった。脅かすなよ。西澤君！」

「助教授《センセイ》が脅かすからですよ！」

紫《ゆかり》はそう言いながら、恭平にきつくしがみ付いた。

「スマン。西澤君にゃ少し衝撃《インパクト》が強すぎたか」

「それで、どういうことなのです？」

「うむ。低周波の件については西澤君が電話で指摘してきたとおりだ。確かにパソコンの音源回路を利用して、高出力の低周波音を発信させるようにプログラムされていた。だがそれは、ただ単に気分を悪くしたりするだけの目的ではない」

三枝の次の言葉を待つように、二人は身を乗り出した。三枝は勿体をつけるように、ゆっくりとタバコに火を点けた。

「このメールを分析してた助手のひとりが、この低周波音の中に不規則な波の変化があるのに気付いた。それは一定間隔をおいて繰り返していた。彼は長年の経験で、これが音声信号、つまり意味を持った『言葉』ではないかと考えた」

「言葉!?」

「そう。そこで彼は特殊な機械——周波数変調装置で、その信号音を可聴周波数まで増幅してみた。その結果がこれだ」

三枝が取り出したのは、ハンディテープレコーダーだった。三枝がスイッチを押す。すると、暫く雑音が続いた後、やや不明瞭ながら確かに人間の言葉が聞えてきた。

『おまえ……は……し……なねば……ならぬ……』

『し…だけが……すべ……てをかい……け……つ……する』

『らいせの……しあわせを……もとめ……よ』

『あきらめよ』

『とびおりよ』

『じさつ……せよ』

三枝がテープレコーダーのスイッチをOFFにした。

「これらの言葉の順不同《ランダム》な繰り返しだ。ジッと聞いていたその助手は息苦しさを感じて窓に近寄って四階の窓を開け、思い切り身を乗り出していた」

「だ、大丈夫だったんですか?」

「危ういところで同僚が彼の行動に気付いて羽交い締めにして、危ういところで止めたよ」

二人は大きく溜息をついた。二人の持ち込んだ件の調査で、万一人死《ひとじに》にでも出ようものならそれこそ大事件だ。

「でも、助教授《センセイ》。その音は、つまり低周波は人間の耳には聞えないんですよね」

「うむ」

「では、聞えない音で『死ね!』と唆《そそのか》すことにどんな意味が?」

「うん。『聞えない音』といっても、聞き様によっては聞くことができる」

「いったい、どういうことですか?」

「つまり、耳で直接聞くことはできなくても、ココで聞けるのさ」

三枝が自分の額を指差す。

「何のことだか分かりません！　もっと単刀直入に！」

紫《ゆかり》がたまりかねて思わず大声を挙げた。

「超低周波は、確かに耳で聞くことはできなくても障害物を貫通して、遠くへ飛ばすことができるという特性を持つ。つまり、人間の耳——三半規管を経由せず、人間の頭蓋骨をも通り抜け、受けた刺激に対して否応の判断を下す脳の顕在意識《けんざいいしき》——つまり、表面意識を通り越して潜在意識部分に直接、影響を及ぼすんだ」

「それって、どういうことなんですか？」

「まぁ、待て。簡単に言ってしまえば、催眠的暗示の一種だ。そういう低周波に意図的指示または命令を乗せて目標に向かって発信すれば、それを受信した人間は、それを聞いたという意識のまったく無いまま、要するにその指示に対する受諾、または拒否の判断をする余地の無いまま、ストレートにその指示を受け取ることになる」

「なんですって⁉　じゃあ、まったく意識しないで私達の脳が直接この『死の命令』を受け取っていたんですか？」

「そういうことだ」

「そんなことができるのですか？」

「ああ。確か今から四十年位前——一九六〇年代、アメリカのＣＩＡがある目的から、大変凶暴な実験をしたことがある」

「凶暴な実験？」

「ああ、暗号名《コードネーム》『ＭＫプロジェクト』と名づけられたその実験は、被験者を外部から完全に隔絶遮断した部屋に座らせ、心に思い浮かんだことを逐一書き取ってもらうというものだった」

「……」

「そして、分厚い壁を挟んだ隣室から、ある言葉を低周波に乗せて発信したそうだ」

「で？　結果は」

「まったく音が聞えない環境にいるはずなのに、その被験者は、『心に浮かんだこと』として、低周波に乗せて発信した『言葉』や『暗号』をほぼ正確に書き取ったそうだ」

「なんの目的で……」

「つまり、遠い異境にいる敵や、国内の不平分子、政府の方針に異議を唱える人間達の意識に命令を乗せた低周波信号を発信し、人心を操作、支配しようとした」

「つまりマインド・コントロール。洗脳ですか？」

「そう言えるだろうねぇ」

「確実なんですか？」

「常時百％とはいかなかったようだが」

「どうしても従わない者は？」

「こんな事例も報告されている。米国内の名うての反政府主義者として警察からもマークされていた男がある日、恋人の前からぷっつりと消息を断った。一週間後、再び恋人の前に姿を現したその男はまるで別人のように政府に反抗しなくなった。それどころか、急進的愛国者として活動を展開し始めた。彼は愛しい恋人さえも判別できなくなり、やがて鬱状態からノイローゼに陥り、自殺してしまう。その行方不明の一週間、男がどこでどうしていたのかはとうとう分からず仕舞だった」

「ノイローゼで自殺!?」

恭平と紫《ゆかり》は顔を見合わせた。

「しかし」

恭平が訊ねた。額には冷や汗が滲んでいる。

「その低周波洗脳だけで、誰でも自殺を実行する気分になるんでしょうか」

三枝は二本目のタバコに火を点けながら、

「いや、人それぞれ、精神力や忍耐力の強弱または脳の受容能力等の差がある。従って、誰もがあれだけで確実に自殺に追い込めるかはハッキリ言って分からない。しかしね。あのメールには念の入ったことに、もう一つ別の仕掛けがしてあったんだ」

「なんですって!? まだ、あるんですか?」

「ああ」

三枝は自分のパソコンを操作して、例のメールを呼び出した。

「助教授《センセイ》! それは!」

「安心したまえ。この画面のメールからは低周波音源は消去してある」

「あの画面だ、パズルの」

恭平の言葉に紫《ゆかり》が頷いた。

「そう、この画面。このクロスワードパズルにとんでもない仕掛けがしてあったのさ。君たちはこのパズルを解いたのかね？」

「ええ。でも、途中で気分が悪くなり、止めました」

「そうか。良かった」

三枝はカチャカチャとキーボードを操作していたがやがて、

「この画面は問題のファイルの画像を一〇〇分の一秒ごとにコマ送りにできるように加工したものだ。良く見ててくれよ」

三枝はマウスを操作し、一コマずつ進めていく。

恭平達が画面を凝視していると、チラッとノイズのようなものが走った。

「今！　チラつきが」

「次の画面はそのチラつき画面を静止させたものだ」

三枝がマウスをクリックすると、パズルの画面にまじって、ある文字が次々と現れた。

「『飛び降りろ！』『自殺せよ！』『時刻が三時半を告げたら』『汝の意志を伝えよ』……」

「これは……」

「Subliminal !!」

紫が思わず叫んだ。

「そう、その通りだ」

「サブリミナル……？」

恭平の問いに紫《ゆかり》が震えながら答える。

「ええ、『潜在的自我』とも言うンですけど…人間の視神経では動体視力の個人差にもよるんですけれど、おおよそ1／24秒から1／30秒以上のスピードで変化するものは、静止独立した画面として認識されないんです。つまり、毎秒24コマ以上で変化する画像は個々の静止画とは認識できず、画像と次の画像が残像効果で繋がって…つまり、動いているように見えるンですよ。この原理を利用したのが動画《アニメーション》なんです」

「なるほど…」

恭平が感心したように、大きく目を見開いた。

「ですから、逆にそのようなハイスピードで、ある任意の画像の中に瞬間的に別の画面をフラッシュさせれば、その人に見たという認識を与えないまま、潜在意識にその画面を焼き付けることができるンです」

「そうだ！　西澤君の言うとおり！　そうして、可否の判断を司る表面意識を通り抜け、直接潜在意識に働きかける方法だ。実際、アメリカのある映画館で、映画上映中にその画面の中に五秒に一回、三〇〇〇分の一秒という高速フラッシュで『ポップコーンを食べよう』という文字を流したところ、売店のポップコーンの売上が飛躍的に上がったという」

「それがこのパズルに入っていると……」

「でも、なぜクロスワードパズルなんかに」

「それが犯人の狙いさ。パズルを解かせることで、長時間画面を注視させることができる。その上、パズルを解けば西澤君の『愛のメッセージ』が表れるというエサをチラつかせりゃ、大抵の男は一生懸命にもなろうってもんサ。更に二時間のタイムリミットをつけたことにより、時間内に解かなければという『焦り』との相乗効果で集中力は益々増加する。パズルを解くことに意識が集中すれば、その間、顕在意識の防御機能に隙《すき》ができる。従って、潜在意識に作用する暗示の影響力が増大するという訳だ」

「つまり、二重にワナを仕掛けてあるってことか」

「ちょっと待って！　そのメッセージ……」

紫《ゆかり》の言葉に恭平は戸惑った。

「どれ？」

「『時刻が三時半を告げたら』って……」

「つまり、催眠術で言うところの『後催眠効果《あとさいみん》』というヤツさ。低周波で脳の顕在意識のバリヤーを通過させ、潜在意識への暗示を受け入れ易くした上で自殺を促す暗示を与え、三時半の文字――通常パソコンの画面ならほとんどの場合、画面の中に時計表示がある。仮に無くても、時計がまったく無い家などあるはずもなかろう。それを引鉄《ひきがね》に指示を実行するように仕向けたんだ」

三枝が補足した。

「ハッ！」

今度は恭平が気付いた。

「それじゃ！」

紫《ゆかり》も恭平を見つめる。

「橋本だ！」

「そうよ」

「橋本が飛び降りたのは推定午前三時半……。しまった！　橋本はこれを見たんだ！　彼も恐らく僕と同様、紫からの返信だと思ってニシザワユカリからの『死のクロスワード』を解いちまったんだ」

別件と思われた、橋本の自殺と恭平達の遭遇したニシザワユカリの『死のメール』が、ついに一本に繋がった。

「恭平さん！」

「橋本の家へ行って確かめれば分かると思うが、このニシザワユカリは僕と橋本に同じメールを送っていたんだ。それなら紫が実際に発信したメールとの時間差《タイムラグ》も説明がつく！　メールは正常の処理では、後から来たものほど積み重って上段に並ぶから…」

「そうだったのね…」

「くそぅ！　何故、通夜の時ちゃんと橋本宛の紫のメールの内容を確かめなかったんだ！」

「無理ないわ！　恭平さん。あの時はとてもそんなことができる状況じゃなかった」

「しかし、僕はその油断で僕自身どころか紫まで危険な目に遭わせちまった」

「とにかくこれは一歩間違うと殺人事件に発展することだ。警察へ通報したほうがイイ」

三枝が助言した。

「勿論です！　間違うどころか目標《ターゲット》は明らかに僕と橋本だし、実際、犠牲者が出てるんだ。絶対に赦せない！」

「でも、それじゃいったい誰なの？　ニシザワユカリって！」

「そこが不可解だ。僕、橋本、そして紫《ゆかり》。僕と橋本は命を狙われたが、このニシザワユカリという人物は紫本人には危害を加えるつもりはないらしい……」

「……」

「この三人に共通する状況——いや、環境は……」

「TV局？」

「そうだ！」

「TV局関係の人間で、紫の名を騙《かた》って僕と橋本を自殺させたがるということは、三人共通の知人で、その人物にとっては僕と橋本が邪魔な……ま、まさか」

紫が恭平を見つめた。

「風間《かざま》裕《ゆたか》か!?」

「でも、なぜ？」

「恐らく、ヤツが紫に横恋慕《おかぼれ》したからサ。つまり、ヤツは紫を自分のものにしたかった。そのためには紫の周囲にいる男は皆、邪魔になったんだ」

「……」

「なるほど、そうか」

恭平が納得したようにポンと手を叩く。

「なに？」

「ヤツの紫苑《ゆかり》のメール憶えてるか？」

「どのメール？」

「一番最後のヤツ」

「……」

「確か、こう書いてあった。『時が全てを忘れさせてくれる。一時の悲しみもいつかは、懐かしい想い出に僕が力になる』あの時は良く意味が分らなかったが、今考えると、まるで僕が死んで、悲しみに暮れる紫を慰めているような文章だ」

「まさか、そんな」

「でも、紫へのメールは僕へのニシザワユカリからのメールの一日後だ。僕があの日、絶不調で寝込んでなくて、メールのパズルをイソイソと解いていたら、紫がヤツのメールを開く頃には順当なら僕は飛び降りた後だ。やり方があまりにも稚拙だができすぎてる。僕が確実に自殺したかどうか、確かめもせずに、よほど自信があったか？　紫に届いた自作のゲームにしたところで、恐らく同じ方法で洗脳して紫の気持ちをアイツに向けさせるような暗示が入っていたんじゃないかな。どの道、消しちゃったから分からないけれど」

「最低!!」

紫が憎々しげに吐き棄てた。

一ヵ月後。

「もう、冬だな。落ち葉が温かいや」

恭平は落ち葉に半分ほど埋もれた自分の足元を見つめて呟いた。

「とうとう捕まったわね。風間《かざま》 裕《ゆたか》」

「ああ、芸能界は大激震《パニック》だ。かつて例を見ない大醜聞《スキャンダル》だからな。でもこれで橋本も浮かばれるってもんだ。〝四十九日《しじゅうくにち》法要〟にも何とか間に合ったし」

「橋本さん、安心して成仏してくださいね」

恭平と紫《ゆかり》は橋本の墓前に掌《て》を合わせていた。

線香の香りが、プンと鼻を擽《くすぐ》る。

「しかし、想像以上の悪党《ワル》だったな。風間裕……。欲しい女を手に入れるために殺人とは。しかも、お目当ての女性を洗脳して自分の意のままにしようなんて、情けない」

「信じられない。男として、いいえ、人間として最低だわ」

「とんだ『弔い合戦』になっちまったな」

「橋本さん、何も関係ないのに……」

紫は目に涙を浮かべながら、悔しそうに俯いた。

「紫と風間《ヤツ》の間に挟まっちまったのが橋本《アイツ》の不運だったのかな」

「そんな問題じゃないわ！　そんなことのために」

紫《ゆかり》が肩を震わせながら恭平に縋りつく。

「きっと、芸能界の特殊性というか、独特の甘え体質がヤツをここまで増長させ、考えなしにさせたんだろうな。『美人女子大生（紫）をめぐって、僕と橋本と風間《かざま》裕《ゆたか》の呆れた恋の三つ巴戦《バトルロイヤル》』そんな噂《ゴシップ》になるんだろうな」

「そんなことで済ましてしまうの!?」

紫の目から、怒りの涙が零れ落ちる。

「何でもウワサにして、いずれウヤムヤにしちまうのさ。芸能界は《ああいうところ》——それで思い出したが、前に橋本が言ってたろ。風間《ヤツ》には『不穏な噂がある』って」

「どんな噂だったんですか？」

「かつて、ヤツと浮名を流した女——三人だか、四人だったか——揃いも揃って、前に付き合っていた男…つまり元カレが自殺してるんだ」

「それじゃ皆、風間《アイツ》がこの方法《て》で」

「証拠はないけど、限りなく『黒』に近いね」

「どこまで…」

握り締められた紫の拳に一段と力が入る。

「早晩《いずれ》、自白《ゲロ》するだろ」

「例のニシザワユカリ——本名は、西沢由香里といって、彼女自身は風間の熱心なオッカケだったらしい。名前が君と同音だというところで、ヤツからCD-ROMを渡され、この中のファイルを僕と橋本に

「……そうだ！　何故ヤツが僕らのメールアドレスを知ってたのか、漸く判ったよ」

「なんだったの？」

「ヤツの自宅のゴミ箱から、ビリビリに破かれたヤツの名刺——テープで丁寧に継ぎ合わされていたらしい——が発見されたんだが、その裏に僕と紫《ゆかり》のアドレスが書いてあったって」

「あっ！　あの時の名刺！」

紫が思わず手を打ち鳴らした。

「うん。きっと橋本が何かに転記した後、破いて捨てたのを偶然、ヤツの付き人が見つけたんだろう」

「そう、それで」

「風間の名刺なんか持ってるのイヤだったんだろうな、橋本のヤツ」

「迂闊でしたね。でも、私も持ってるのイヤだった」

「風間にしてみれば、ファンの間じゃプレミアムさえ付いている自分の名刺を破り捨てられたことで、自尊心《プライド》はガタガタに傷ついたろうし、紫への恋心と相俟って僕らへの怒りと復讐心が爆発したんだろうな」

「虚栄心の強い人だから」

「うん。でもって、西沢由香里に指示した。彼女は風間から僕らに送るよう頼まれてメールを送っただけで、内容については何も知らなかったらしいから、いずれ大した罪にはならないだろう。警察がアドレスから追っかけて、ちょっと締め上げたらあっさり認めたそうだ」

「なぜ彼女を？」

「万が一のときに殺人メールの発信元をボヤかすため、今回は彼女の名前が偶然、紫と同じ読み方だったから、都合よく利用したんだろう。熱心なファンだったから、ちょっと甘い言葉でもかけられりゃ、ヤツの命令には盲目的に従ったろうし、この西沢由香里も知らない間に実行犯《ヒットマン》に仕立て上げられてたってわけさ。彼女と同じように風間の命令一つで思い通りに動いてくれる狂信的ファンは、まだまだ全国に何万人もいるわけだからね。銀幕のスター、一夜明けたら連続殺人犯ってとこだ」

「やっぱり、殺人てことになるのかしら……」

「さぁ、法律方面《そっちのほう》は僕も門外漢《トーシロー》、アハッ、つい使っちまうな、業界用語。まぁ、直接手を下したわけじゃないからな。でも、自殺を唆《そそのか》すメールを送りつけているのは事実だし、そのメールを読んだ相手が死ぬように仕向けているんだから、傷害罪あるいは殺人教唆《きょうさ》か自殺幇助《ほうじょ》、『未必《みひつ》の故意』かなにかで、いずれ罪は免れないだろうな」

「橋本さんやファンの娘《こ》や、関係無い人達まで巻き込むなんて、どこまで人非人《にんぴにん》なのかしら」

「橋本と僕らが話してるのを見て、紫《ゆかり》をモノにするためには二人とも邪魔だと思ったんだろうな。自分の悪い噂話でもして、邪魔してるんだとでも勘《かん》ぐったんじゃないか？ 実際そのとおりだったけど。紫もとんでもないヤツに惚れられたもんだな。まぁ、風間《ヤツ》にしてみりゃ、『紫に惚れたが運の尽き』ってとこか？」

「イヤ！ 風間《アイツ》の顔、今思い出しても虫酸が走るわ。ねえ、恭平さん。私わからないんだけど、風間はどうしてあんな犯行バレバレのメールを送ってよこしたのかしら」

「チラッと聞いたけど、あの翌日たまたま飛び降り自殺の記事が新聞に載ってたんだって。自殺者の名前は伏せてあったんだが、ヤツはよく確かめもせずに、勝手に僕が予定通り死んだのだと勘違いしたらしい。後確認の不徹底が命取りだったね」

「恭平さん達の墓穴《はかあな》を掘ったつもりで、自分が墓穴《ぼけつ》を掘ってたってわけ。惨めね」

「昔から言うじゃないか。『人を呪わば穴二つ』ってね。しかし、非道《ひど》い事件だ。こんな大騒ぎはあの『ドッペルゲンガー事件』以来だな」

「あれからもう、九ヶ月近くも経つのね」

「という事は僕達が付き合い始めて、もうそろそろ一年……か」

「早いものね。まだつい先日《こないだ》みたいな気がする」

紫《ゆかり》が呟いた。

「恭平さんが、あの事件《こと》を纏めた短編小説『己の影』、なかなか好評だったもの」

「一部にはな。たまたまサ」

「だって、投稿した懸賞小説の『新人発掘部門』で最終選考まで残ったじゃない！　恭平さん、いっそのことお医者さんより小説家目指したら？」

恭平が苦笑する。

「それって、僕が藪医者《ヤブ》だ…ってこと？」

「別にそんなこと、言ってませんよぉ」

「今度、紫が病気したときに診《み》てやらないぞ」

「結構です。間に合ってますぅ〜〜〜ダ！」

「こいつ、言ったなぁ？」

紫《ゆかり》は捕まえようとした恭平の手をスルリと抜けて駆け出し、こちらを振り返ってアカンベーをして微笑んでいる。

「しかし、あの時紫が泊まりに来て『豆ダンス』に気付いてくれなかったら、僕も今頃は……」

「縁起でもないこと言わないで！　もし、そんなことになってたら、私……」

紫が真顔で抱きついてきた。

「君にはまた命を救われたな。これで二度目だ」

「そうですよ。恭平さん、私が恭平さんの『命の恩人』だって、自覚してます？」

紫が恭平を見上げながら、冗談っぽく微笑む。

「してるサ。勿論！　だから今日の昼食《ランチ》は僕が奢る」

「何をご馳走してくれるの？」

「いつもの美味い！　速い！　安い！　の牛丼！……だろ？」

「エーッ？」

「なんだ、違うの？」

「ねえ、私『命の恩人』なんですよ」

不満そうに呟く紫。

「じゃ、何がイイのサ」

恭平の問いに紫がおずおずと、

「せめて、卵くらい付けてくれても……」

「ハハハッ！」

恭平が堪えきれずに笑い出した。

「なるほど！　そいつぁ気が利かなかったナ！　ＯＫＯＫ！　それじゃ、僕の『命の恩人』のために今日は特別、生卵《ギョク》、味噌汁、お新香付き……ついでにサラダも付けちゃおう」

「キャッホー！　ヤッタァ！　豪華、牛丼全席《フルコース》！」

嬉しそうにはしゃぐ紫《ゆかり》を見ながら、恭平が肩を竦《すく》めた。

「敵《かな》わないよ。君には……」

「ねぇ、恭平さん。ところで」

「ン？」

「どうせ一緒に住むんだったら、私のマンションのほうが広いし便利だと思うんだけど」

「あれ？　まだ怖いのか？　もう風間《ヤッ》も逮捕されたし…」

「だってぇ、また誰かから『恐怖のメール』が来ないとも限らないでしょ？」

「そりゃまぁ……」

「私、いまだに怖くてメールも見られないし、パソコンゲームもできないの」

「だから？」

恭平がわざと素っ気なく訊くと、

「ウ～ン、もう！　だからぁ、私が洗脳されて恭平さんのこと、判らなくなっちゃってもイイんですか!?」

「おいおい、言うに事欠いてなんて無茶を。フフフッ、分った。僕の友達に引越し専門の運送会社の社長の息子がいるんだ。今度、相談してみよう」

恭平は嬉しそうに恭平に寄り添う紫《ゆかり》の肩に優しく手を回した。

二人が踏みしめる落ち葉がサクサクと乾いた音を立てた。

椿説竹取物語

～かぐや姫異聞～

「ね！　紫《ゆかり》もそう思うでしょ？　紫？　コラ！　紫ったら！」

「え？」

大好きなアイス・レモンティーのグラスの氷をかき回しながら、ボンヤリと恭平のことを考えていた紫は、いきなり大声で名前を呼ばれてどぎまぎした。その拍子に慌てて飲み込んだ、ほろ酸っぱいレモンティーが気管に入ったようだ。咽《む》せて咳が止まらなくなった。

「ち、ちょっと待って！　へ……ンなとこ……入っちゃった！」

一頻り胸を叩いてみるが、なかなか止まらない。隣に座っていた百合《ゆり》が見かねて、背中を摩《さす》ってくれた。

「あ～苦しかったぁ！　何よ！　いきなり大声出して！」

「何、ワザとらしく咽せてんの。せっかく皆で久しぶりに集まって、期末試験後の温研（温泉研究会）恒例秘湯探訪研修旅行の打ち合わせを兼ねて昼食《ランチ》してるってのに、人の話も聞かずに、真昼間っから甘い妄想に耽ってるから、そういう目に遭うの！」

明美《あけみ》が当然と言わんばかりの顔で言う。

「何よ！　人聞きの悪い！　別に誰も淫らな妄想になんて耽っていないもン！」

紫《ゆかり》がムッとして反駁する。

「誰も〝淫ら〟とか言ってないじゃん！　ははぁん、そんな幻聴が聞えるってことは、さては図星！　実際、淫らな空想してたんだ。去年の春先からちゃんと付き合い始めたくせに何時《いっ》まで経っても進展しないから、おかしいおかしいとは思ってたけど…とうとうカレシと行くところまで行ったか」

明美の言葉に皆が納得したように頷く。

「ち…違うよ！　そんなんじゃないよ！」

自分の勘違いに気づき、赤面した紫に明美がなおも畳みかける。

「ユカリ。あんた、もう二十歳なんだよ。この程度で赤面するなんて！　そーとーキモい。だいたい、付き合って一年以上も経つってぇのに、いまだにカレシと何も無い…なんて不条理な話、信じるヤツが今時いるとでも思ってんの？　何時までもそんな清純派気取って、カマトトぶってると、相手に飽きられて棄てられるのがオチだよ」

「わ、私は別に！」

そうは言うものの、紫は確かに自分の中に妙に積極的な性格と、ちょっとオカシイくらい晩熟《おくて》な部分が共存的に内在していることは、実際本当のことなので仕方が無いと、ある程度承知はしているものの、こうもストレートに誹謗《ひぼう》されるとさすがに面白くない。

実は、恭平とのこの中途半端な恋人関係は、途中で特別な事情が入り込み、それを敢えて受け入れてくれた恭平の大いなる理解の上に成り立っているのだが、今ここで、そんなことをムキになって釈明したところで、周囲の好奇心を余計に煽り立てるだけであることは自明である。好奇な視線の集中砲火を浴びてもなかなか反論できず、むしろ少々及び腰の紫《ゆかり》の様子を見て、更に皆《みんな》からの口撃《コウゲキ》がキツくなってきた。

「まぁ、今の紫にとっちゃ、〝甘い〟も〝淫ら〟も同義語みたいなもんだろうけどネ。なにせ、ここのところ紫ときたら、口を開けば二言目には『恭平さん』『恭平さん』ってサ。こっちは朝から晩まで中《あ》てられっ放し。事ある毎に『恭平さん』の自慢話なんだから！」

響子《きょうこ》が、『付き合っちゃおれんワ』とでも言いたげに肩を竦《すく》めると、麻美《あさみ》が追い討ちをかけるように頭を振った。

「いやいや、二言目どころか、最近じゃ一言目から『恭平さん』攻撃だもんネー！　どうせ日がな一日、彼氏とのベッド・インでも想像して、悶えまくってんのよ。コイツ！」

「ああ、熱つぅ、誰か、扇子、扇子」

響子が手で顔を煽《あお》ぎながら可笑しそうに笑っている。

「ああ…私も、せめて紫の幸福《しあわせ》の万分の一でも分けて頂きたいですわン」

と、由香《ゆか》。

「皆して、そうやって私《ひと》をオチョクってなさいよね」

「じゃあ、紫。今、明美が何を訊いたか解ってる？」

普段は大人しい百合までもが加わって紫をからかう。

「そ、ソレは…その……」

「ホラァ！　やっぱ、全然聞いてない！」

「もはや、心ここにあらず…だネ」

「気持ちは早くも〝恭平さん〟との目眩く官能の世界へ、ブッ飛んじゃってんじゃない？」

明美が勿体をつけて、大袈裟に咳払いをするとこう宣言した。

「診断！　病名――悪性の〝恭平さん熱《フィーバー》〟。それも相当重症。やはり、治療のためには二泊三日の温泉合宿に強制連行して『恭平さん』から隔離しなきゃダメか…」

「でもサ、無理に引き離すと禁断症状がキツイんじゃないかナ」

「凶暴化して大暴れするとか？」

「見境がつかなくなって、素《す》っ裸《ぱだか》で男湯へ乱入したりしてねー」

「『恭平さん！　ねえ、どこ？　どこなの？』みたいな？」

「ヤダァ！　響子ったら、怖いほどクリソツ！」

悪友たちはキャーキャー笑いながら、当の紫《ゆかり》のことはもはや放ったらかしで話は勝手にどんどん暴走していく。

「何よ何よ！　皆で寄って集《たか》って私《ひと》をオモチャにして！　何で私が全裸で男湯へ乱入しなきゃならないのよ！　そんなに彼氏が欲しかったら、自分達だって作れば……」

そう言いかけて、紫は慌てて自分の口を手で塞いだ。

皆の視線が一斉に紫に集中する。

「アッ！　居直りおった！　コヤッ！」

「紫ィ！　あんたがそれを言うか、それを！」

「イイ度胸じゃん」

「だってぇ！」

「完全に〝自爆モード〟のスイッチ入っちゃってる。この娘《こ》」

「コヤツ、〝恋の抜け駆け〟という重大な〝掟破り〟を仕出かしたこと、全然自覚してないね。しかも、私達を騙したという事実も忘れて！」

「どう見ても立派な協定違反で〜す、って感じ？」

「本来なら、サークル内の謹慎勧告を受けても仕方がないって立場、全く理解してないみたい？」

「それを騙された私達が親切にもカバーしてやってるのをイイことに！」

まるで、矢のような攻撃が降り注いでくる。

「ど、どうして！　誰も騙してなんか……（よっく言うわ。大体、自分達がノロノロしてヤル気無さそうだから、私が先にアプローチ掛けただけじゃない！　勝手に出遅れたのを私《ひと》のせいにするなんて！）」

咽喉まで出かかったが、そんなこと言おうものなら、更に激しい一斉反撃に出て来るであろうことは目に見えている。紫は言葉をグッと飲み込んだ。

「とにかく今の一言で決定ネ！　今回の旅行の〝幹事長〟は、裏切り者の紫！」

「エーッ!?　だから、なんでそうなるのよ。それは、従来通《いつも》り、アミダで……」

「何を今更！　あの合コンの時には、『今度のは全員×《ペケ》！　相手にしないほうがいいネ！　特に何？　あの楠見って人、見るからに暗そうだし、ああいう正体不明の男は、皆も止めといたほうが無難！』とかなんとかぬかしたこと、まさか、忘れちゃったわけじゃないよねぇ。しかも、如何《いか》にも自分は『一抜《いちぬ》けたぁ』…ってなふりしちゃってサ」

「し、仕方ないでしょ？　最初はホントにそう思ったんだもの」

「姑息《こそく》！」

「そうそう、人を油断させておいて、裏でちゃっかし通じおって！」

「普通、するかっての！　そういうこと」

「私だって、ちょっとは興味あったのにサ、あの人……」

「だ、だったら響子も……」

「セコイ！」

「コスイ！」

もう、非難囂々《ごうごう》である。

「ちょっと待ってよ！」

「どう？　みんな。ここは一つ、お仕置きと、紫《ゆかり》の一刻も早い更生と健全な社会復帰を願って……」

「そうだネ。〝愛の強制労働〟を」

「ソ！　言わば、〝愛のムチ〟〝恵みの拳〟ってヤツ」

「みんな、紫への友情と愛情ゆえなのよ。解って！」

「ああ、私達って、なんて慈悲深いンでしょう」

みんな、一斉に感慨深げに頷いている。

「な、なにを勝手なことを！　あっ！　ち、ちょっと待ってよ！　物事はもっと、冷静に…」

「それでは皆様、本件につきましては、以上、決定とさせていただきます」

一同、ホッとすると同時に微笑みのうちに拍手を以て承諾の意を表している。

「そんなァ…」

「よろしくネ。総幹事長！」

百合が微笑みながら、溜息混じりで俯く紫《ゆかり》の肩をポンと叩いた。


「ネ？　理不尽な話だと思いません？」

「ハハハッ、そりゃ、とんだ災難だったな」

待ち合わせの喫茶店で、事の顛末を話したら、案の定というか、大笑いしている恭平を睨みながら、紫は不服そうに口を尖《とが》らした。

「皆、自分が幹事をやりたくないもんだからってサ。こんな不条理ってないでしょ？　ねぇ、恭平さん！」

「しかし…フフフフッ、そりゃ、やむを得んだろうナ」

「エーッ！　どうして!?」

「紫が皆の誘導尋問にまんまと乗せられてマジに反応するからサ。それに、どの道、一度は回ってくるんだろ？」

「そりゃ、そう…かも…知れないけど……」

「イイ友達じゃん！　アッケラカンとしてて」

「そうかしら…」

「別に悪意はなさそうだし」

「悪意でやられたら堪らないわ！」

紫《ゆかり》が不満げに言い捨てる。

「僕みたいな、〝ネクラの不審人物〟から紫を守ってくれてるンだろ？」

「それって、皮肉？　私はなにも、そういうつもりで……」

恭平が軽く笑いながら付け加えた。

「皆、初めから、紫に幹事を押し付けるためにワザと仕組んだんだろうサ。行動心理学を専攻する紫が、皆の企みにそうもアッサリと引っ掛かってりゃ世話無いじゃないか」

「だぁってぇ！　じゃあ、ハメられたってこと？」

「そういうこと」

なおもクックッと思い出し笑いをしている恭平を、膨れ面して不愉快そうに見つめていた紫がボソッと呟いた。

「なにも…そんなに笑わなくたってイイじゃないですか！　私が肴にされてるってのに！」

「ハハッ、ゴメンゴメン」

「だいたい…元はと言えば、恭平さんのせいでもあるんですからね」

「僕の？」

「そうですよ！」

突然降りかかってきた火の粉に恭平は、一瞬たじろいだ。

「そりゃまた唐突な。なんで？」

「恭平さんが…ステキな人だから…つい自慢したくなっちゃったんじゃないですか！」

俯いて、言い訳がましくぶつぶつと呟く紫《ゆかり》に、恭平が照れくさそうに咳払いをする。

「そ、そりゃ、まぁそう言ってもらえるのは嬉しいけどサ…だから『アンタも共犯！』って言われてもナァ」

「でも、私が窮地に陥った、その原因の一端は有ると思いません？」

「そうかぁ？　なんか、限りなく冤罪っぽいけどナァ。まぁ、取り敢えず…ごめん」

紫が僅かに微笑む。

「ウフッ、恭平さんのその、いつも私を包み込んでくれる〝大らかさ〟がステキ！」

「また、皆の前でそんなこと自慢げに言うなよ！」

「言いませんヨォ！　三倍返しでイヤミ言われるもの。でも、本当はねぇ……皆、私が恭平さんとお付合いしてること、悔しがってるの」

「そうなの？　でもサ、皆って…あの合コンの時のメンバーだろ？　それにしちゃ、あの後、僕に告白《コク》ってきたのは紫だけだったし…」

「あら、何かご不満でも？」

「い、いや、別に」

下手な事言って、紫《ゆかり》の舌鋒の矛先があらぬ方向を向き、これ以上逃げ場がなくなっては拙《まず》いと感じたのか、恭平は、急に神妙な顔つきになった。

「今だから言っちゃいますけど、そうは言ってても、あの時、合コンの相手が一流医大生っていうんで皆、気持ちの奥ではすごぉく期待してたんです。ひと頃ほどではないにせよ、まだまだ結構なステータスなんですよね。〝お医者の卵＝未来のエリート〟っていうイメージ？　でも実際、皆さんとお会いしてみての第一印象《ファーストインプレッション》は、悪いんだけど…何かこう…イマイチって感じで『この人達がお医者さんになる訳？　だって、知性も会話も態度もそこらにいる雑多のナンパボーイと大差ないみたいだし、最近のエリートも随分、質が落ちてきたナァ』って……あっ、ごめんなさい。恭平さんは別ですよ。『将来、こういう医者《ドクター》に診察されたくない…かな』っていうのが、その時の皆の一致した評価」

そこまで一気に喋ると、紫はアイス・レモンティーで嗄《か》れた咽喉を潤した。

「なんとも辛辣《シビア》だね…」

「私だって『最近の〝お医者の卵〟って皆、こんな感じ？』って言うくらい、最後まで全然インパクト感じなかったし。でもね、そんな中で恭平さんだけが、なんかこう……他の男性《かた》たちと、ちょっぴり違って見えたんです」

「ふぅん」

「だって、他の皆さんが入れ替わり立ち替わり、話し掛けてくれるのに、恭平さん一人だけ『我、関せず。相手にしてられっか！』って感じでほとんど誰ともお話ししてなかったでしょ？　この人…ネクラそうだし何考えてるのかワカラナイって感じ？…みたいな」

「こいつぁ危なそうだ…って？」

「べつに〝危ない〟とは思わなかったけれど、その代わり、恭平さんに対する興味が猛烈に湧いてきたんです。『この人の目には、私がどんなふうに映ってるんだろう…』って、そう思ったら、そのことが頭から離れなくなっちゃって……もう、気になって気になって……」

「へぇ…そうなんだ。じゃあ、とにかく〝ワナ〟を仕掛けといたのは成功だったわけだ」

「ワナ!?」

「で、そいつに紫《ゆかり》がまんまと填《は》まった」

「酷ぉい！　それじゃ私、マヌケなタヌキじゃないですか！　それじゃ、あの〝無《シ》関心《カ》な態度《ト》〟って、演《ワ》出《ザ》だったんですか？」

紫が呆れたように言った。

「フフン、なかなかの演技《もん》だったろ？」

「でも、ホントなら演技賞ものですね。そのカリスマ的っていうか、渋さに私、バッチリ捕まっちゃった」

妙なところに感動している紫に恭平は大仰に手を振った。

「ハハハッ、ウソウソ、ジョークだよ。ああいう状況は場慣れしてなかったし、単に照れくさかっただけサ」

「ところが…」

紫が一段、声を低めた。

「後になって恭平さんへの皆の評価がジワジワと上がってきたんです」

「へぇ——」

「でも、時既に遅し。要はそれを逸早く見抜いて行動を起こした私に見る目があったってこと！　〝先見性〟の勝利ですよね」

「ふぅん…」

「それなのに、結局私が皆をうまいこと言い包《くる》めておいて、油断しているところを出し抜いて恭平さんにアプローチした…ってことにされちゃったんです。ったく、冤罪もイイところ！」

「いいのか？　そんな裏ネタをバラしちゃって。第一、君たちの学校は、規律が厳格で異性交際は御法度なんだろ？」

「そんなの…昔の話。いいでしょ、別に。あくまで〝我が校の学生としての本分を阻害するような異性交際は……〟ということですからね。そんなの、もはや、有名無実化していて今は誰も守ってなんかいないし、学校側だって、事実上黙認。現に私はこうして恭平さんと付き合ってても、部活や授業をサボッてるわけじゃないし…」

「ホントか？　授業サボッてないって」

「あら、何故？」

「最近、頓《とみ》に時間に余裕が有るみたいだから」

「そう？」

「だって、いつ誘っても必ず来てくれるし、以前みたいに『授業があるからダメ』とか、あんまり言わなくなったしサ」

「それは……と、とにかく…私は真面目です！」

「紫《ゆかり》と会えるのは嬉しいよ。けどサ。僕のせいで留年なんかさせちゃ、君のご両親に対して立つ瀬が無いからな。なにしろ、お父さんからも『よ～く、監視してやって欲しい』って、頼まれてることだし」

「あ、あれは……」

紫が恭平を初めて実家の両親に紹介した際、あろうことか、彼らは交際の条件として、恭平を保護者代理に任命したのだった。

「あんまりじゃない？〝監視〟だなんて！」

「お父さん、仰ってたじゃないか。『この子は夢中になると、後先考えずにスッ飛んでっちゃうほうだから』って」

「…ったくぅ！　信じられない！」

「なにが？」

「父も、選りに選ってあんな条件を出すなんて……。私があれほど、恭平さんの――」

「ウン、解るナァ…」

「ネ？　そうでしょ？」

「イヤ…お父さんの気持ちがサ」

「エー!?　わ、私の気持ちじゃなくて？」

「仕方ないよ。娘を持つ男親なら、皆、同じ心境になるんじゃないかな？」

「ふぅん…。〝親心〟ってものに随分とご理解がお有りになるンですねぇ。まだ、娘どころか、結婚だってしてないのに」

「僕だって、自分の娘がある日突然、男をつれてきたら…たぶん、暴れるんじゃないかな。『ずぇ〜ったいにゆるさぁぁぁん!!』ってネ」

「でも、ショックだわ。父も母も、実の娘よりボーイ・フレンドの方を信頼するなんて」

「やはり、日頃の行いがものを言うってことかな!」

「ひどぉい! 私、品行方正です!」

「フフフッ…クサルな、クサルな。そうじゃないよ。これは、みんな紫《ゆかり》を守るための、言うなれば、そうだな……『銭形平次』作戦とでも呼ぶか」

「銭形平次?」

「ああ、お父さん達の巧妙な作戦なのさ」

「よく、わかんない! どういうこと?」

「銭形平次の時代、幕藩体制下における防犯体制と警察機構……知ってる?」

「知らない…。何? いきなり。なんか、話、難しそう…」

「つまりネ、現代ほど、警察組織体制が十分に確立していなかった江戸時代、町の治安を維持するためには、奉行、与力、同心…といった奉行所の役人だけでは、絶対的に人数が足りなかった訳だ」

「ええ…」

「そこで町奉行は、この慢性的な人数不足を補う、ある画期的な方法を思いついた」

「いつの時代もそうだが、当時も地域地域にその土地一帯を取り仕切る『顔役』連中がいて、奉行所は彼らと取引をして、治安機構の最下部に組み込んだ。俗に言う〝岡ッ引《オカピキ》〟とか〝目明かし〟とかいうヤツだ」

「うん…」

「地域の住民達からは『親分』と呼ばれ、人望もあり、慕われていた彼らは、自分達の縄張《シマ》で賭場や市場を開催し、その収益金《アガリ》で生活していたわけだから、自分の管轄地区内でトラブルが発生した場合は彼ら自身の責任で事態の収拾を図る必要があった」

「ふぅん…」

「今時でたとえるなら、地回りのヤクザにその地域における彼らの身分や既得権益をある程度、保証する代わりに、警察に協力させて、情報を収集したり、地域犯罪を防止しようというわけだ」

「だけど、それが恭平さんとなんの……」

「要するにだ。娘のボーイ・フレンドを自分達の代わりにお目付け役に立てておけば、責任上、ヤバイことはできないだろ？　そうやって、娘のボディガードとしても使えるから、便利この上ないし、ついでに僕が君の色香に溺れて暴走しないように牽制してるんだよ」

「ふぅん、なるほど。案外と深いのねぇ」

「マァもっとも、紫《ゆかり》に色香があればの話だけど」

「もう！」

紫《ゆかり》が恭平を引《ひ》っ叩《ぱた》くマネをする。

「ご両親は賢明なのサ。だから、今後も紫と付き合うためには、まずご両親の信頼に応えないとネ」

紫は恭平が別段怒りもせず、両親の心根を理解してくれていることが、少しだけ嬉しかった。が、

「ふうん…でも、なんか引っ掛かるわ」

「娘を信じているからこそ、その娘の選んだ男も信用できるってこと！」

「じゃ、恭平さんも私を信用して！」

「さぁ、そいつぁどうかな…」

「なに？　それ！」

恭平はニヤニヤしながら膨れてる紫を見ている。

「あっ、まだ、疑ってる目！」

「でもナァ…」

「私、ウソなんかついてないもン！」

「ホントか？　ウソは、いつか必ずバレるゾ」

「ヤな言い方！　まるで私が恭平さんを騙してるって言わんばかり……」

「別にそうは……」

「同じですヨ！　ひどいわ」

ヒックヒックと半ベソかきかき、しゃくりあげるような紫の声音に恭平は些《いささ》か慌てた。

「ゴメン。そういうつもりじゃないよ。ナ、ゴメン…」

「ベーッ！　だ」

「あっ！　こいつ、ウソ泣き」

肩を抱こうとした腕をスルッとすり抜けてアカンベーをしている紫《ゆかり》に恭平も苦笑している。

「クソッ。また、騙されたか」

「第一、私、しょっちゅう恭平さんと会ってるんですよ！　なまじウソなんかついたって、すぐバレちゃうじゃないですか！」

「ふぅん。じゃ、誓えるンだな？」

「勿論！」

「もし、破ったら、そうだな……」

「？」

「小さい時、悪戯してどんなお仕置きされた？」

「よく、父にオシリぶたれたけど…」

「ふぅん…それ、イイね。江戸時代には、〝百叩き〟って刑罰もあったし、パンツ脱がしてオシリ百叩き！　ってのは？」

「ヤダ！　そんなの。何で私がいちいちパンツ脱がなきゃならないの？　恭平さん、最近、言うことが下衆《ゲス》い」

「だって、自分で誓ったんだゼ！」

「でも……」

「よぅし、それじゃ、もし誓いを破ったら、一日、僕の言うこと、何でもきくこと！　な？」

「エーッ？」

「何だよ。別に問題ないじゃん？　紫《ゆかり》はちゃんと誓えるんだろう？」

「それは……」

「じゃ、何でもないだろう？」

「ウ、ウン…」

紫が仕方なさそうに頷く。

「約束だぞ！　忘れるなよ」

「今度は信用してくれます？」

「ＯＫ！　信用するよ」

「はぁ、これじゃ、父のほうが、なんぼか寛大だわ」

紫がぐったりと疲れたように溜息をついた。

恭平が笑いながら、紫の肩をポンと叩いた。

「しかし…そっかぁ……」

恭平が頬杖を突いて、ニヤニヤしながらひとり思いに耽っている。

「えっ？」

「残念だったなぁ…僕って、案外、人気あったんだ」

ニヤついている恭平を紫が不審そうにジロジロ見ている。

郵便はがき

恐縮ですが切手を貼ってお出しください

160-0022

東京都新宿区
新宿1－10－1
(株) 文芸社
ご愛読者カード係行

書　名					
お買上書店名	都道府県　市区郡　書店				
ふりがなお名前				大正 昭和 平成　年生　歳	
ふりがなご住所	□□□-□□□□				性別 男・女
お電話番号	(書籍ご注文の際に必要です)	ご職業			

お買い求めの動機
1. 書店店頭で見て　2. 小社の目録を見て　3. 人にすすめられて
4. 新聞広告、雑誌記事、書評を見て(新聞、雑誌名　)

上の質問に1.と答えられた方の直接的な動機
1.タイトル　2.著者　3.目次　4.カバーデザイン　5.帯　6.その他(　)

ご購読新聞　新聞	ご購読雑誌

文芸社の本をお買い求めいただき誠にありがとうございます。

この愛読者カードは今後の小社出版の企画およびイベント等の資料として役立たせていただきます。

本書についてのご意見、ご感想をお聞かせください。 ① 内容について
② カバー、タイトルについて
今後、とりあげてほしいテーマを掲げてください。
最近読んでおもしろかった本と、その理由をお聞かせください。
ご自分の研究成果やお考えを出版してみたいというお気持ちはありますか。 ある　　ない　　内容・テーマ（　　　　　　　）
「ある」場合、小社から出版のご案内を希望されますか。 する　　しない

ご協力ありがとうございました。


〈ブックサービスのご案内〉

小社書籍の直接販売を料金着払いの宅急便サービスにて承っております。ご購入希望がございましたら下の欄に書名と冊数をお書きの上ご返送ください。　（送料１回210円）

ご注文書名	冊数	ご注文書名	冊数
	冊		冊
	冊		冊

「ン？　どうした？」

「ヤな感じ！　なんか、すっごいムカつく」

「なにが？」

「その言い方…そうと分かれば、他にもっと気に入った娘《こ》がいたのに…って感じ」

「いや、べつにそうは言ってないよ」

「ほんとに？」

何とも納得が行きかねるという顔つきでなおも追及してくる紫《ゆかり》に恭平は慌てて言い繕った。

「紫も仲間内ではけっこう評判良かったんだぜ」

「仲間内？　恭平さんは、どうだったんですか？」

「僕？」

「少しは気にかけてくださってたの？　私のこと…」

「さぁて、どうだったっけ……」

「イジワル、イーッだ！」

紫が思いっきり顔を顰《しか》める。

「あ〜あ。それにしても、面倒なことになっちゃったナァ。旅行の幹事なんて」

紫が頬杖を突きながら、恭平をチラリと流し見た。

「でもさ、総幹事長なんだろ？　だったら皆に色々指図して分業させりゃイイじゃないか」

紫は人差し指を立てて左右に振りながら、チッチッチッチッと舌を鳴らす。

「恭平さん、ぜ〜んぜん、解ってない！」

「なにが」

「そんな甘いもんじゃないんですよ。女子大って！」

「と、言うと？」

「総幹事長って言っても、一人役員。実態は、皆の〝使い走り《パシリ》〟なんです。計画、日程から会計、切符やお弁当やおやつの手配、その他雑用まで、ぜぇ〜んぶ一人」

「そうなのか」

「平《ひら》ったく言えば、罰則労役《ペナルティ・ワーク》みたいなもん」

「ふぅん…」

「わかってくれます？　大変なのが」

「ウン」

「かわいそうだと思うでしょ？」

「ウ…ン、マァ……」

「じゃ、手伝ってくれますよネ？　モチロン！」

「え？　なんで!?」

「私がこんなに途方に暮れて、助けを求めているのに、冷たく見捨てるんですかぁ？」

紫《ゆかり》が甘えるように恭平の手を握った。

「フゥ！　やはりそう来たかっと。とても〝途方に暮れてる〟ようにゃ見えないけど……」

「ひどぉい！」

「わかったわかった！　つまり、〝影の幹事〟をやれ！ってんだろ？」

しきりに頷く紫《ゆかり》を見ながら、恭平は仕方が無い、というふうに肩を竦める。

「状況的に僕にも少しは責任があるらしいし…」

紫は、パチンと指を鳴らすと、嬉しそうにウインクしながら、

「ヤッタァ！　その言葉を待ってたの。恭平さんなら、きっとそう言ってくれると思った」

恭平は〝やれやれ〟とでも言うように大きく溜息をついた。

「で？　何を手伝えばイイんだい？　どこまで決まってんの？　おやつの買い出しは〝一人五百円まで〟とか？」

「それじゃ、小学校の遠足じゃない！　実は…それがまだ、何も…」

「何も？　まるっきり？　それじゃ、今までさんざん泣きついたり煽《おだ》てたりしてたの、僕に温泉選びからやらせるつもりだったのか？　な～んか、紫の口車にうまく乗せられたっぽいなぁ」

恭平もなんとなくカラクリに気づいて苦笑する。

「ネ、お願い！」

「仕方ないなァ」

手を合わせ、拝む恰好をしながら、片目をソッと開け、恭平の表情を窺っている紫の仕草に苦笑しながら、

「そうだな。まず、条件は？」

「条件？」

「うん。どこへ行きたいか。そう…例えば、綺麗な夕日が眺められるとか、大きな露天風呂があるとかさ」

紫《ゆかり》は額に手を当てながら、頻りに独り言を呟いている。

「そうですねぇ——。う〜ん、この際だから、あまり贅沢は言ってられませんけど……」

大きな溜息をつき、あれこれ思い巡らすように、

「けど、できれば…そうネェ。近場で、景色が良くて、静かで、料金格安で、お料理が美味しくて、〝美人の湯〟なんて呼ばれてる、評判の大きなお風呂があって、お湯がきれいで、お部屋も清潔で、夜の遊び場も少しはあって、それから——」

「おいおい、ちょっと待った！　充分過ぎる程、贅沢だと思うけどナ。だいたい、そんな都合のイイ温泉《しょば》なんぞあるわけないじゃないか！　それくらい解るだろ？　君達、仮にも〝温研〟を名乗ってるんだから」

「でも、ハッキリ言って私達、実体は〝温泉巡り同好会〟みたいなもんですもの。あまり、そのへんの事情に詳しくないんです」

「ふぅん。まぁ、女子大の温研なんてどこも似たようなもんだけどな」

「あら？　他の女子大の温研、ご存知みたいですね？」

「い、いや、べ……知らないけど……」

恭平が紫の疑いの眼《まなこ》を逸らそうと躍起になっている。紫はクスクス笑いながら、

「どこか〝お薦め〟は？」

「そうだなぁ……」

恭平は暫くぶつぶつと呟いていたが、やがて、

「僕の友達に温泉マニアがいる。大学入学以来、授業もロクに出てないくせに、この三年間でのべ五百ヵ所以上の温泉を制覇した豪傑《つわもの》だ。明日の授業には出て来るはずだから、アドバイスを貰ってこよう」

「じゃあ、明日、何時？」

紫《ゆかり》が聞き返すと恭平は暫し考え込んで、

「…と、明日の午後は、僕は夜中まで観察実習なんだ」

「相変わらず忙しいのね。最近、一日おきぐらいにしか会えないし…つまんない」

ガッカリしたように呟く紫に恭平は溜息をついた。

「悪い、試験も近いからネ。そうだな、明後日《あさって》はどう？」

紫が仕方なさそうにコックリと頷く。


翌々日、恭平がいつもの喫茶店の扉を開けると、紫は既に来ていて、市販の温泉ガイドのページをあちこち忙《せわ》しなく捲っていた。

席に着くなり、ふぁ〜っと大欠伸をした恭平を紫が心配そうに見つめている。

「顔色悪い。大丈夫？」

「昨夜、とうとう徹夜になっちまって、ちょっと、睡眠不足気味かな。でも、大丈夫。平気だよ」

「心配だわ。身体、壊さないようにね。で、どうでした？」

「うん、何箇所か候補はあったけど」

恭平は聞き書きのノートを紫に見せた。

紫《ゆかり》は暫くあちこちめくって見入っていたが、

「ふぅん…どれも一般的。こういう有名温泉は、みんな以前《まえ》に行っちゃってますよ」

「そうか、やっぱりな」

「もっと、鄙《ひな》びた所——例えば『〇〇の隠し湯』とか『〇〇の奥座敷』みたいなの、ないですかね」

「ふぅん。隠し湯ね、隠し湯、隠し、隠しっと。そうか、ここなんか！」

「どこ？」

「いい所があったよ！　うん、ここなら、話題性も抜群だ」

「話題性？」

「M温泉なんてどうだろう」

「M温泉？」

あまり聞いたことのない名前だった。

「ああ、K県のM温泉なら比較的この条件に近い。露天風呂も広くてきれいだし、風光明媚とはいかないが、近くには広大な竹林なんかがあって静かさはこの上ないし、料理も『ヘルシーで、野趣溢れる山菜料理を中心に』と謳《うた》ってある。悪くないんじゃないかな。有名観光地からもかなり離れているから、今時分でも多分、空いてるだろう」

「へぇ――」

「それに、そこはちょっと変わったことでも知られているんだ」

「変わったこと？」

「ああ」

「どんな？」

「かぐや姫の里」

「かぐや姫？　かぐや姫って、あの『竹取物語』の？」

「ああ。子供の頃、読んだだろ？」

「でも、あれって、実際のお話じゃないでしょ？」

恭平は自信有りげに話しはじめる。

「そう、『竹取物語』といえば、古典中の古典として、日本を代表する有名な作品だよねぇ。いつ頃、誰によって作られたのかは、諸説があっていまだに未確定なんだけど、成立したのは、恐らく九世紀中頃から十世紀初頭にかけてだと言われてるんだ。『大和物語』に初めてこのエピソードに因んだ和歌が詠まれて以降、『宇津保《うつほ》物語』や『源氏物語』などの王朝文学なんかに、多大な影響を与えたことは疑う余地がない、と資料には出ている。但し、登場人物は、歴史上の人物名を寄せ集めて使ったふしがある。例えば、かぐや姫にプロポーズする五人の貴公子は、いずれも壬申の乱の記録に登場する実在の人物だし、当のかぐや姫にしたところで、歴史上では第十一代垂仁天皇《すいにんてんのう》の后《きさき》として、〝迦具夜比売命《かぐやひめのみこと》〟という名前が記されているくらいだから、やはり実在の人物らしい」

「へぇ――、知らなかった。かぐや姫ってホントにいたの！」

恭平は、紫《ゆかり》の驚いたような表情に気を良くしたのか、ますます饒舌になった。

「まぁ、実際にはこの五人が活躍した時期は、迦具夜比売命の生きていた時代より六百年ほど後の事だし、物語の内容や構成から考えても史実《ノンフィクション》ではないだろうな。恐らく、過去に存在していた歴史上の人物名を寄せ集めて創作したんじゃないかな。今でも時々見かける創作手法だけど。仮に史実を寓話的に再構成したとしても、物語の中にも舞台となった場所を特定する言葉が入っていないから、逆に比定しようと思えば、候補地は無数にあるだろうね」

「そういえば、具体的な実地名は〝讃岐〟とか〝三室戸《みむろと》〟とか〝富士山〟くらいで、あとはほとんど出てきませんよね」

「うん、その富士山にしたところで、当時からフジ（不二または不死）の名前が全国的に知れ渡っていたという事実がわかるだけで、特に物語の舞台が現在の東海地方周辺に限定されるべき根拠にはならないだろうねぇ。例えば、『桃太郎』や『浦島太郎』なんかの物語でさえ、我が地こそ、その物語の里と名乗りを挙げているところが少なくない。この竹取物語でもその原形と思われる逸話は日本各地に残っているらしくて、例えばお膝元の静岡県富士市をはじめ、奈良県東葛城郡広陵《こうりょう》町、岡山県真備《まきび》町、香川県さぬき市、広島県竹原市、鹿児島県宮之城《みやのじょう》町、京都府向日《むこう》市、同じく京都府の京田辺《きょうたなべ》市なんかも候補として挙がっているが、何処もご多分に洩れず、『当地こそが、かぐや姫の里』として積極的に町起しをしているそうだ。また、その中でも有力ないくつかの候補地は連携して、毎年〝かぐや姫サミット〟なんて会議を開催して親交を図っているそうだし、観光ポイントなんかもそこかしこに作ったりして。『竹取の翁がかぐや姫を見つけた竹林』だの『かぐや姫が産湯を使った井戸』だの『かぐや姫が満月になると月を見上げて涙した観月台』だのってね。ある地方では、最近では、『かぐや煎餅』だの『竹取饅頭』『十五夜団子』『大吟醸〝清酒かぐやの月〟』『かぐや姫ワイン』『焼酎《チューハイ》〝奈余《ナヨ》竹仕込《じこみ》〟』なんてのもあるんだってさ」

「商魂逞しい」

紫《ゆかり》が可笑しそうに肩を震わせている。

「ところが、このM温泉だけは、他とは一線を画すというか、一風変った『かぐや姫』伝説が伝わっているんだ」

「一風変わった?」

「うん。それでは、第一問。〝歴史・文学〟からの出題です!」

「うわぁ——私、クイズは自信ない!」

「まぁ、そう言わずに。『竹取物語』って、どんな物語だったか憶えてる?」

「アッ! それなら、勿論! 古典全集は愛読書でしたよ。当時としてもかなり高価だったらしいけれど、両親にせがんで買ってもらったの。幼心に、かぐや姫が可哀そうで、暗記するくらい何度も読み返したもの。『〝竹取の翁〟と呼ばれている老人が、ある日、家の裏手の竹林の中で、竹を刈っていた時、根元の妖しく光る竹を見つけて、その竹を割って見ると、中で光り輝く小さな女の子が産声をあげていた。老人はその女の子を連れて帰り、妻と相談してその子を我が子として育てることにした。〝なよ竹のかぐや〟と名づけられたその娘は、わずか三月ほどでまたたく間に大きくなり、やがて、一人前の美しい女性に成長するの。その評判を聞きつけ、五人の公達《きんだち》や貴族達が姫に求婚するのだけれど、姫は夫々《それぞれ》に結婚の条件として超難題を持ちかけ、五人を尽《ことごと》く退ける。そして、時の帝の愛をも拒みつづけ、三年の月日が流れる。ある日、姫は育ての親である翁夫婦に自分が月の世界から来た〝天上人〟であることを明かし、別れが近いことを告げる。そして、中秋の名月——八月十五日の夜、帝《みかど》の命《めい》で姫を守らんと護衛についていた軍勢が為す術も無く、見守るまま、月の使者と共に月世界へ帰っていく』ああ、ロマンねぇ……」

「さすがは、文学少女！」

恭平が拍手をしている。

「ところで、〝一風変わった〟って？」

「うん。今、紫《ゆかり》が要約《ダイジェスト》してくれたのが、一般的な『竹取物語』だけど、このM温泉に伝わるのは——」

恭平がググッと顔を近づけ、紫の耳元で囁いた。

「かぐや姫は、実はまだ生きている」

「プッ！」

紫が噴き出した。

「ウソだぁ！」

いかにも可笑しそうにクスクスと笑い出す。

「だって、そういう伝説なの！」

「本当なんですか？　だって、かぐや姫は月の世界へ帰るんですよ」

「うん。だけど、それは世間への公表であって、実際は地上で一生を終えるんだ」

「でも、たった今、『姫はまだ生きている』って……」

「そう、かぐや姫は、代々生まれ変わるんだ」

「生まれ変わる？」

「ああ……」

「恭平さん、私を担ごうとしません？　今、作ったんでしょ？　それ」

恭平がノートの別のページを開いて、

「ちょっと待って。えーっと…あった。このM温泉から更に奥へ入ったところに角谷《かくや》という集落がある」

「角谷？」

「うん、知ってるの？」

「いえ、私の大学の友達。ほら、例の合コンの時のメンバーで今度の旅行にも参加する予定なのだけど……。読みは違うけど、角谷と書く苗字の娘《こ》がいたもんで——角谷百合《つのがいゆり》——憶えてます？　おっとりした、お姫様タイプで、黒髪が腰まであるストレートの——あっ、当時はもっと短かったかナ」

「いや、悪いけど……」

紫《ゆかり》の表情が微かに和らぐ。

「だから、ちょっとびっくりしたの」

「へぇ、そいつぁ偶然だね。案外、その辺の出身だったりしてね」

「でも、確か彼女、出身はK県じゃなく、S県のはずだったけど……。〝かくや〟と〝つのがい〟じゃ読み方も全然違うし…単なる偶然の一致かしら。今度、訊いてみようっと」

「今は三十軒程度の小さな集落なんだけど、その内の十軒ほど——人数にして、三十人ほどが『角谷《かくや》』という苗字で、皆、血のつながっている親戚同士なんだ。村の全人口合わせても六十人余りのうちの三十人だからね。昔はもっとあったらしいけれど、離散したり、没落し、土地を棄てて都会に出て行く家もあったりでそうなってしまったらしいが、その角谷一族が実質的にM温泉一帯の土地を支配してきた」

「ふぅん…」

「それで、実はその角谷一族が、かぐや姫の子孫だって言うんだ」

「そうですかぁ？　読み方が近いから、そういう伝説を作ったとか…」

「かも知れない。でも、その角谷一族には、特別な家伝書が伝わってる。『無月抄《むげつしょう》』という和綴《わと》じ本《ほん》なんだけど」

「へぇ、なんかワザとっぽい題名ですね」

「まぁな。で、その角谷、今は表記通り『かくや』と読むけれど、昔は『かぐや』と鼻濁音で濁って発音していたらしい」

「……」

「で、つまり、その角谷一族の先祖がかぐや姫だった、って言うんだけど……」

「どんな物語なんですか？」

「うん。全般的には、僕らが良く知っている『竹取物語』のとおりなんだけど……やはり、『今は昔』で始まる。長いから、途中少し端折るよ」

恭平は、平仮名文を意外にすらすらと読み出した。

「今は昔、竹取の翁といふ者ありけり。野山なる竹を伐《と》りて万事《よろづのこと》に使ひけり。名をば、〝讃岐《さぬき》の造《みやつこ》〟といひける。その竹の中に、根元《もと》光る竹、一筋あり。妖しがりて、寄りて見るに、筒の中光りたり。それを見れば、三寸ばかりなる人、いと美しうて居《ゐ》たり。翁いふやう『我、朝毎夕辺《あさごとゆふべ》に、見る竹の中におわするにて知りぬ。子になり給ふべき人なんめり』竹取の翁、尚、竹を伐《と》るに、この子を見つけて後、伐る竹に、節を隔てて、ことに黄金《こがね》のある竹見つくる事重なりぬ。かくて翁、やうやう裕福《ゆるらか》に成り行く。（中略）この稚児、養うほどにすくすくと大《おほ》きに成りまさる。三月《みつき》ばかり養うほどに良き背丈《ほど》になる人になりぬれば、髪上げなど左右《さう》して、髪上げさす。この子、いと大きになりぬれば、この子の名を、三室《みむろ》の秋多《あきた》を呼びて、付けさす。秋多、〝なよ竹のかぐや姫〟と付けつ」

「恭平さんって、すごい！」

聞いていた紫《ゆかり》が尊敬の眼差しで見詰めている。

「なにが？」

「何でもこなすんですネェ」

「古典は割と好きだったんだ。それに、高校の時の古文の先生で、やたら古典文学の好きな人がいてね。ある時、全文を試験に出されたんで当時は必死で〝丸暗記〟したのサ。まさか、ここで役に立つとは思わなかったけど」

「へぇ――」

「で、この後、ずぅ～っと読んでると、明日になっちゃうから、要約すると、大人になったかぐや姫に五人の公達——石造皇子《いしつくりのみこ》、車持皇子《くらもちのみこ》、右大臣安倍御主人《うだいじんあべのみうし》、大納言大伴御行《だいなごんおおとものみゆき》、中納言石上麻呂足《ちゅうなごんいそのかみのまろたり》らが求婚《プロポーズ》するんだが、夫々に結婚の条件として超難題を吹っかけて、尽《ことごと》く袖にする」

「うんうん…」

紫《ゆかり》がニヤニヤしながら聞いている。

「嬉しそうだな」

「別に……」

「あやかりたいとか？」

「いいえ。私は恋愛に関して二股かけるような性格じゃないの」

「まぁ、紫はそんなに器用じゃないか」

「ええ、ええ。どうせ不器用ですから」

「誉めてるんだぜ」

「まぁ、いいわ。…で？」

恭平が再びノートを読み始める。

「つまり、かぐや姫は、中秋の名月にあたる十五夜の夜、月に帰っていくよネェ」

「ええ」

「その辺から、ちょっと違ってくるんだ」

「どんなふうに？」

「いいかい？　その『無月抄』には、こんなふうに書いてある。『かぐや、なみだして、おきなにかたる。

われは、このち《地》のものにあらず。とおきあまつかがやけるのほしのひとなり。かのちにとか《咎》ありて、ゆえにこのちにながされしものにて、つみあがなわ《贖》む《ん》とて、こおり《凍》しねや《櫃》にて、ふかくねむりいたり。あめのとりふね、あまかけてかの《彼》ちをいでしときより、あまたとしつきすぎゆき、あまそら《天空》をとわにさま《彷》よ《徨》ふべきゆりかごの、いかなる、しさいしらねど、このちにいたり。おきなには、ながきとしつき、いつきやしなはれしものなれど、つくない《償》のとしつきみちしのちは、きたるあきのじゅうごや、もちづきのころ、かのちへめさるべきさだめなり』

つまり、現代風にアレンジして解釈すると、かぐや姫は実は異星人で、母星で何がしか咎《とが》——罪を犯した廉《かど》——で流罪《るざい》となり、冷凍され人工冬眠状態にされて、一人乗りの小型宇宙船『天の鳥船《あめのとりふね》』で、宇宙空間に放出された。永い間、天空を彷徨うはずだったのが、航法管制装置——クルーズコンピュータみたいなもんかな?——の故障からかコースを外れ、地球に辿り着いた。竹取の翁が竹林で見つけた〝根元光る竹〟というのは、不時着した、その小型ロケットだった、と言うんだ」

「ホントなんですかぁ?」

紫《ゆかり》が疑いの眼差しでノートを覗き込む。

「学者はそう言ってる。確かにその古文書の文章からそう解釈できるって。最近では資料館もできてるってことだ」

「なんか信じ難い」

「まぁ、とにかく聞けよ。どこだっけ……あっと此処だ。で、かぐや姫の故郷のその星では、重力の研究が発達していて、物体を縮小化《ダウンサイジング》する技術を完成していた。人間もコンパクト化させてスペースを有効に活用する方法で省エネ、燃料の効率化を実現、惑星間旅行を容易にしていた。従って、地球に着いた途端、その衝撃で姫の人工冬眠が解け、地球との重力格差の影響で、細胞の体積が膨張し、急激に体格が元の状態に戻っていった」

「SF映画の世界ですね」

「異星人であるがゆえ、組成成分が地球人と違うために、姫が手を触れた物体は、化学変化を起こし、大気中に拡散している金の分子が、姫の体細胞成分と結合して表面に付着し、黄金色に輝いた。金メッキの技法だな、こりゃ」

「£%$☆♀@※℃∀＊?」

「なんだって?」

「宇宙語です！　そのお話、何かマユツバっぽい…って言ったの」

「△○√%∞&@£◇¢」

「え?」

「宇宙語さ。なんか、僕もそんな気がしてきた…って意味」

「ほらァ。まだ、あるの?」

「この先、延々と……」

紫《ゆかり》が退屈そうに溜息をつく。

「小説としてなら、面白いかも知れないけれど…」

「まぁ、途中は割愛して、肝心の『香倶耶の湯』のところを見よう」

「ええ」

「つまり、かぐや姫が皇族や公達のことごとくを袖にしたのは、本当は好きな男がいたからだと言うんだ」

「ええっ？」

「当初は刑期を終えれば、母星より帰還のための護送船が姫を迎えに来るはずだった。が、姫はあろうことか、地球の若者に恋をした。姫が見初《みそ》めて想いを寄せたのは、竹取の翁の遠縁の少年で、三郎介《さぶろうすけ》という名だったと。二人はすぐに恋仲になった。しかし、かつて姫に求婚し、見事にフラレた公達達はその事実を知って逆上し、その少年を襲って殺し、姫を拉致してしまう。愛しい人を殺され、捕囚《とらわれ》の身となったかぐや姫は悲しみに咽びながら故郷の星に惑星間交信装置《インターステラーコミュニケーター》で救援を求め、超大型宇宙空母『天《あめ》の磐船《いわふね》』を旗艦とする宇宙艦隊を率いて、姫を救出に来た月人（異星人？）と、地球軍（衛士《えじ》や検《け》非《び》違《い》使《し》）の闘いとなるが、すでに超惑星間航法《ハイパースペースドライブ》の技術を確立していた異星人と槍、刀、弓矢だけしか持たない地球軍との科学力の差は歴然、比べる方が無茶だな、こりゃ…」

「そりゃ、そうだわ……」

「で、姫は難なく異星人軍に奪還され、五人の貴族達をはじめとする地球軍は壊滅的打撃を蒙る」

「日本において文書に記録された最初の〝惑星間戦争《スターウォーズ》〟ってわけですか」

「うん。そう言えるだろうね。しかし、姫は自分を守らんがために地球方に大勢の死傷者が出たことを悔やみ、母星の医療チームに怪我人の傷の手当てをさせ、翁達には、母星で開発され、医療に使用されている医薬（老廃細胞の再活性化剤＝不老長寿の薬）を〝形見〟として与え、地球をあとにする」

「傷心のかぐや姫は愛しい男の俤を胸に母星に帰って、一巻の終わりってわけですか？」

退屈しきった顔で、紫《ゆかり》が訊ねる。

「それじゃ、多少の違いはあっても、いわゆる『竹取物語』そのものでしょ？」

恭平は我が意を得たりとばかりに笑みをこぼす。

「ところが！　問題はここからさ。かくして、かぐや姫は母星に帰還したものの、段々地球での生活を懐かしむ気持ちが強くなり、こっそりと地球に戻ってくる。そして、懐かしの地球で翁達義理の両親と再会し、山奥の隠れ里で暮らし、両親の死後もなお、二百五十歳という長寿を保った。まぁ、異星人のかぐや姫にしてみれば、あらゆる疾病の駆逐に成功し、老衰による〝自然死〟以外の病死をほぼ根絶していた彼女の母星ではごく平均的な寿命で、さして驚くに値しなかったらしいが……。そんな姫もやがて、漫《そぞ》ろ寄せ来る〝老い〟に尽きかかった自分の寿命を覚り、一切の食を断ち、堂を建てて、そこに籠りひっそりと一生を終える。その姿は例の不老長寿の秘薬により、死してなお、少女の頃の光り輝く美しさだったそうな」

「……その秘薬、欲しいナ……」

紫が溜息混じりに呟く。恭平は、咳払いをすると、

「姫はその臨終に臨んでこう、遺言した。『我、身罷《みまか》りし後、我が死骸《むくろ》を奈余竹《なよ》(ロケットの残骸)の中に納め、地中深く埋め給え。そして、三千年に一度花開くと聞く〝優曇華《うどんげ》(笹目竹《ささめたけ》とも？)の花〟が開花せし時、我は蘇らん。一族の女《むすめ》を探すべし。我が徴《しるし》を持つ女《むすめ》、其《そ》は我が再来の証《あかし》なり』一族が姫の遺言通りに、姫の形見の不老秘薬を一緒に埋めた。すると、不思議な事にその場所から、清浄な温泉がこ

んこんと湧き出したので、一族はその湯を〝かぐや姫の不老長寿の秘湯〟として、代々の〝かぐや姫(役)〟がその源泉を厳として守ってきた」

「ふぅん…」

「ところが、時は流れて、平成の世…日本全国、空前の〝秘湯ブーム〟が巻き起こり、この隠し湯も口コミで一般に知られる所となった。相次ぐ問い合わせに隠し遂《おお》せなくなった角谷一族は、逆に商業化して保全を図ることに方向を転換した。それで、そのM温泉でも、最近では、その露天風呂に『香倶耶《かぐや》の湯』と名づけ、〝美人の湯〟と銘打って宣伝してるよ。もっとも、現在の露天風呂は、当初の場所ではなく、その源泉の湯を豊富な竹製の管で長々と引いてきて最近作ったらしいが……」

「それにしても随分詳しいんですね」

「調べたんだよ、紫《ゆかり》のために。彼ほどじゃないが、実は僕はこれでも隠れ温泉マニアでね」

「そうなんですか！　恭平さんが温泉好きだなんて知らなかった」

「大学に入ったころは、毎週どこかの温泉へ出かけてた。もっとも最近《ここ》一年はまったく行ってないけど」

「へぇ、いいナァ。私もそんなふうに温泉三昧してみたいナァ」

「よかったら、案内しようか？　関東周辺はそこそこの数、踏破してる」

「行きたい！　是非連れて行ってくださいよ。ネ、行きましょう、みんなで――」

「みんなで？」

「……ン？　なんかヘンでした？」

「いや、まぁ…みんなでもイイけど……」

恭平は複雑そうな表情をしている。

「アーッ！　もしかして、恭平さん！　私と二人で？　ヤァだァ！」

紫《ゆかり》が照れながらも思わせ振りな表情で恭平を見つめている。

「まぁ、そういうのもイイかなって」

「男性は皆さんそう思うんですかね、やっぱり…」

やっぱり、根がスケベだから……と言いかけて紫はその言葉を飲み込んだ。

「そりゃ普通はそう思うだろうよ。だって、温泉の……」

「そのうち！　考えときます！」

紫は、ムリヤリ恭平の言葉を遮った。


翌々日。

紫は約束の時間より五分ほど早く、恭平との待ち合わせ場所に現れた。そして、開口一番、嬉しそうに、

「恭平さん！　ヤッタヤッタ！　あの『香倶耶の湯』のM温泉のこと話したら、皆、大満足！　一発OKでした。ありがとう。恭平さんのお蔭で皆から誉められちゃった！」

「そうか、そりゃ良かったナ」

「なにしろ、かぐや姫伝説と『美人の湯』が効きましたよ」

「だいたい、女の子はそういう文句《フレーズ》に弱いよね。『安い』『美味しい』『痩せる』『美人になる』『お買い得』

『残りわずか』なんて言葉には、果てしなく魅力を感じるらしいし。そういう『殺し文句』だと、一発だもんな！」

恭平が納得したように頷いている。

「ふぅん。そうとう、経験があるみたいですね。その『殺し文句』でいったい何人の女の子、殺したのかな？」

ドギマギしている恭平を可笑しそうに睨みながら、紫《ゆかり》は恭平の胸を指でツンツンと突いた。

「いやっ、別に。こ、言葉のアヤさ……」

「ウッソ！　冗談！　ところで恭平さん」

「ン？」

紫が複雑な笑みを浮かべながら言った。

「今日はご予定は？」

「いや、特には……、今日の結果がＯＫなら、帰って締め切り間近のレポートでも仕上げようかなと……。どっちにしろ、今日は紫はゼミで、デート〝×《ダメ》〟の日だったろ？」

「そう……」

あからさまにガッカリした様子の紫に恭平が訊き返した。

「なんで？」

「差し支えなければ、これから一緒に…いいえ、やっぱりダメよね！　レポートがあるんじゃ…」

「なにが」

「なんでもないです」

「思わせ振りだな」

「いえ、別に……」

「なんだい、〝一緒に〟って」

「なんでも……」

「ハッキリ言ってみなよ」

「実は……」

紫《ゆかり》が俯く。

「一緒にM温泉に下調べをかねてとか？　それなら無理しても行くけど……」

「違いますったら！　皆に例のかぐや姫伝説を話したら、凄く興味を持っちゃって。それで、恭平さんに来て欲しいって……。私、恭平さんは、授業や実習で忙しいからって随分断ったんですけど……」

「別に行ってもいいけど……。でも、なんだって、また……」

「私の説明じゃ心許無いから、恭平さんに是非もう一度、解説して欲しいんですって！」

紫が不貞腐れたように、ツッケンドンに言った。

「全員女性？」

「ええ勿論！　女子大ですもの。でも、イヤでしょ？　そんなところ行くの。それに、大事なレポートもあるんじゃ」

「いやぁ、照れるじゃん」

「だって、別に……」

「話を聞きたいって？」

「え、ええ…」

「紫《ゆかり》に話した以上のことは知らないよ」

「あれをもう一度、お話ししてくれればイイんです」

「いいのか？」

「なんか、やたら嬉しそうですね」

「いゃあ、温泉の由来を解説しながら、六人の美人女子大生と一緒に露天風呂に浸かり、〝平成の語部《かたりべ》〟は語る、なぁんてネ。イイねぇ。そういう企画も」

「恭平さん！　何か究極的な誤解してません？　別に一緒に温泉へ入ろうと言ってるわけじゃないですよ。話をしてもらうだけですからね」

「なぁんだ、話がうますぎると思ったよ」

「スケベ」

「ひでぇナァ。ヒポクラテスも言うとる、『精神の健康度とスケベ度は比例する』って」

「ウソ！　ヒポクラテスもソクラテスも、ついでにアリストテレスだって、そんな下卑たことは言ってません！」

「そうだっけ？」

「何よ！　鼻の下、こぉ～んなに伸ばしちゃって！」

紫《ゆかり》が恭平の上唇を摘《つま》むと思い切り引っ張った。

「痛々々《イヘヘヘ》…ほ、ほんにゃに、引っ張《は》るにゃって…」

恭平が思わず腰を浮かしかける。

「だって…」

「冗談《ジョーク》だって。おー痛て…紫、最近、思いっきりムチャするなぁ」

「だって恭平さんったら、今、すごぉ〜く、オヤジっぽかったんだもの」

「そりゃないゼ…二十一歳、ピッチピチの若人捉まえて！」

「ゴメンナサイ。でも……」

「要するに、喫茶店かどこかで説明すればイイんだろ？」

「ええ、まぁ……」

「いいよ。今日だったら、まだ時間も余裕はあるし」

「ホント？」

「紫の頼みとあらば、ね」

「ありがとう。お礼に全員に恭平さんへのM温泉《むこう》のお土産、一人最低一個は必ず買わせますから」

「そりゃぁいいけど、紫、今日は確かゼミの日じゃなかったのか？　だから、待ち合わせ、この時間にしたんだろ？」

「あっ、今日は、き、休講なの。だから平気平気！　さぁ、行きましょ」

鼻歌混じりに、ニコニコしながら闊歩する紫に恭平が、

「随分御機嫌だな」

「皆に『無理を言って特別に来てもらったのよ』って、うんと恩を着せてやるの。だから、忙しそうなフリしててネ！」

「あのなぁ、そういう小細工するから、後でバレた時、やり込められるんだゾ」

「イイもン」

頷く紫《ゆかり》に恭平が微かに苦笑する。


通された部屋は、二間続きで意外と広かった。六人で使うにしてもスペースには随分と余裕がある。三方を見渡せる窓からは、夏の陽射しと蝉時雨がふんだんに注ぎこみ、山里の自然の緑を充分に堪能できた。

「キャーィ！　このソファー、フッカフカ！」

「ねぇ、この部屋、一番イイ部屋みたい？」

「へぇ、山奥の割にはちゃんとした佇《たたず》まいネ。気に入っちゃった」

明美が周囲を見回しながら微笑む。

「もっと、鄙びたところかと思ったら、なんかこう…意外にチャンとしてるね」

「言ったでしょう？　ステキだって」

紫が鼻高々に自慢する。

「へぇ…紫《ゆかり》、ここ、前に来たことあるんだ。恭平さんと？　それとも……」

「な、ないよ！」

「ヒャハーッ、照れてる。コイツ、天然記念物級の純情《ウブ》ー！」

「もう！　明美ったら！　あんまりからかうなって！」

「ウン、まぁ、いいんじゃない？　合格かな、一応」

由香も満足そうである。

「ヘン！　どんなもんよ！」

「〝どんなもんよ〟って、ここは、紫の彼氏が教えてくれたんでしょ？　なんでアンタが自慢してるわけ？」

響子が茶化す。

「まあまあ。紫と彼氏は、一心同体だもんネー！」

麻美もご満悦でフォローしてくれる。

「なかなか、さすが幹事長！　と、彼氏にも感謝しなきゃネ。ねぇ紫、ホントは、恭平さん……じゃなかった、楠見さんにも一緒に来て欲しかったんじゃない？」

百合が紫に微笑んだ。

「そうそう。この間、久し振りに会ったけど、相変わらず渋くて、なかなか二枚目だし。彼なら、ドライバー兼ガイド兼ガードマンとして、特別参加ＯＫ！……みたいな？」

明美が浴衣に着替えながら、からかうように言う。

「そうそう、私達はそれでも良かったのにねー」

「なのに、紫《ゆかり》ったらサ、頑強に反対するし」

「ダーメ！　彼は忙しくて、私達に付き合ってられるほど、ヒマじゃないの」

「イイじゃない！　減るもんじゃなし……」

「ヤーダ！　絶対、減るもン！」

「変な娘《こ》！」

響子が呆れている。

「楠見さんだって、来たかったよ、きっと。説明してる時の顔、嬉しそうだったもん」

「そうだよ。私達五人の精鋭美女軍団が、特別濃厚《のうこう》なサービスしてあげるのにねぇ」

「ちょっと！　五人って、どういうことよ。お生憎様、恭平さんは目が肥えてるのよ。アンタ達の色香ごときに血迷ったりするもんですか！」

「ヘッ！　疑わしいもんね。だいたい、私達を差し置いて紫を選んだっつうんだから」

「でも、あれは、紫が彼を騙《だま》くらかして、嫌がるのを一方的に押し切ったって話だし……」

「もしかしたら、既に欲求不満状態かも……」

「そりゃそうでしょうよ。なにせ普段のお相手が、我が○○女子大学貧乳グランプリ二年連続制覇という、前人未到の快挙に輝く紫だからねぇ。〝恭平さん〟もよく我慢してるよね」

紫が皆を睨むように振り返った。

「何が二連覇ですってぇ？」

「そうそう、紫《ゆかり》と比べりゃ、私ら全員、巨乳・爆乳だもの。楠見さんだって…さあ…」

「そ、そんなこと、ないよ！」

ムキになって反論する紫に、チッチッチッ…と、舌を鳴らしながら響子が溜息をついた。

「紫…わかっちゃいないね。あんた」

「だいたい、男心なんてものはね…」

「そうそう、古今東西、男なんて、所詮はみ～んな同じよ」

「そんなこと…絶対、ないもん！　恭平さんは…」

「まぁまぁまぁ」

明美が素早く間に割ってはいる。

「紫、抑えて抑えて。ネ、あんたのこと、からかって面白がってるだけだよ」

「だって！　こっちは皆に少しでも楽しんでもらおうと思って必死なのに、寄って集って、言いたい放題！」

「まぁまぁ紫チャン、楽しくやろうよ。皆、ホンネでは感謝してるんだから」

「あら？　ねぇ、百合」

紫が着替え中の百合の胸元を指差す。

「ン？」

「そのアザ……」

見ると、百合の左の胸にうっすらと五百円玉ほどの大きさの三日月型の痣《あざ》が浮き出ている。

「え？　アラ、いつできたんだろう。どこかにぶつけたのかしら。憶えないけど……」

「痛くないの？」

「全然。ヤダナァ、三日月型の変な形」

「ンパッ！　天下御免の向う傷！　イヨッ！　旗本退屈女！」

由香が変なモノマネをしながらおどけて見せる。

「オジンクサ〜！」

他の全員が、一斉にググッと退《ひ》く。

「由香！　早乙女《さおとめ》主水《もんど》之介《のすけ》の向う傷は額でしょ？　だいたい、現役の女子大生がわざわざ温泉場まで来てやるギャグかっての」

「ほんじゃ、遠山の百合さん、片肌脱いで『やいやい！　テメェら！　この乳房《オッパイ》の三日月が目に入《へぇ》らねぇか！』なぁんチって！」

「お奉行様が片乳《かたパイ》見せて大見得《おおみえ》切ったら、それはそれで結構色っぽいじゃん。ねぇ……」

「『これが目に入《へぇ》らねぇのか！』って言われなくたって目に入っちゃうみたいな？」

「だから！　そういう爺《ジジィ》ギャグは止めなって」

「由香の〝時代劇フェチ〟もいいよいよ〝病膏肓《やまいこうこう》〟ってとこだね」

「時代劇《チャンバラ》大好き女子大生だって！」

「なにしろ、元カレとの初デートが自分の部屋で仲良く『木枯し紋次郎』の鑑賞だってンだからネ」

「そりゃ、カレシも〝行き詰まり〟感じるわな」

響子が呆れたように肩を竦めた。

「イヤねぇ。由香ったら…」

百合も苦笑している。

「由香、よしなヨ！　百合は上流家庭《ハイソ》のお家柄《な》でお上品なんだから！」

「ふん！　どうせアタシは、お下品でござあますわよ！」

「痛くないんなら、そのうち消えるよ。それに、普段はブラ付けてればそんなに目立たないし」

「そうね……」

紫《ゆかり》の慰めに百合も一応納得している様子だった。

「どう？　私、脱いでも結構、凄いんです」

響子は姿見に向かって浴衣をはだけてポーズを取って悦に入っている。

「古ぅ……」

「何年前のCMだっけ？」

「ハイハイ、凄いのワカッタワカッタ」

麻美が呆れたように言う。

「ああ、お腹空いたぁ」

由香が大きく伸びをする。

「色気より食い気ばっかだね、この娘《こ》は！」

明美が溜息をついている。

「思い出すわァ。修学旅行！　枕投げとかしてサァ」

「小学生か！　アンタ達は！」

「先にお風呂入ろうよ」

「ところで、例の『香倶耶の湯』ってどこにあるの？」

「この旅館の裏山の中腹だって！　後で仲居さんが案内してくれるって！」

「ふぅん」

「ところで、百合」

紫《ゆかり》が百合に訊ねた。

「ン？　なに？」

「例の件、百合の苗字の角谷《つのがい》って、やっぱりこの角谷《かくや》一族と関係あるの？」

「うん。私も母に訊いてみたんだけど、曽祖父の父——四代前から、S県に住んでるんだけど、それ以前はよく分からないらしい。でも、あの地域に角谷《つのがい》は我家《うち》一軒だけだし、もしかしたら、関係あるかもって」

「ふぅん」

「お土産見に行こうよ。お土産！」

「ＯＫ！」

「着いたばっかりで、もうお土産!?」

「名物！　美味しいの、あるかなあ」

「薄皮饅頭とか、酒蒸し饅頭とかネ」

「ちょっとぉ！　さっきから食い物のことしかアタマにないの？　アンタ達は！」

響子と麻美が連れ立って階下のロビーへ降りていこうと部屋の扉を開けた途端、仲居が湯を入れたポットを持って入ってきた。

「まぁまぁ、〇〇女子大学温泉研究会の皆さんでございますね。ようこそお越しくださいまスた」

皆、口々に挨拶している。仲居は一頻り、決まりきった非常口の説明をしているが、皆、はしゃいで誰も聞いていない。

「では、これから名湯〝香倶耶の湯〟へご案内いたしますで」

「あの……」

明美が手を挙げた。

「へぇ？」

「静かでとてもいい雰囲気なんですけれど、たまには催し物とかもあるんですか？」

「へぇ。ちょうど、今日は祭りだで」

「祭り？　それにしては、村の皆さん、随分と落ち着いているご様子ですね」

「へぇ、今宵は『月夜夢姫命神事《つくよむひめのみことまつり》』ですだで。本来は村の中だけで、密かにお祭りするですだが、偶然、この日にお泊り合わすなんて、お客様方、ラッキーですだね」

「月夜夢姫命《つくよむひめのみこと》…って？」

「へえ、地元《とち》では、かぐや姫様のことをそうお呼びスますで」

「あの伝説のかぐや姫の?」

「へぇ、〝香倶耶の湯〟へご案内かたがた、ご説明しようと思っとりまスただが、この土地に代々『かぐや姫伝説』が伝わっとりまスての。その中に二千年だか、三千年だかにいっぺん咲くっちゅう優曇華《うどんげ》の花が珍しいことに今月咲きまスてナ」

「まぁ、本当ですか?」

「私も見たい!」

「村ン者《もん》が見たっちゅうて、騒ぎ出スまスてナ。優曇華《あれ》が咲いた年にゃ、ご先祖のかぐや姫様が生まれ変わってお出まスになるっちゅう言い伝えがござりまスて。こんなこたぁ、一生に一度、有るか無いかっちゅう珍しいことですだで、皆ソワソワスとります。皆さんは幸運にも、すンばらスい日においでくださいまスた。ごゆっくりお楽スみくだせえ」

「あの……私達も見学できるんですか?」

「へぇ、神事は関係者だけで、公開はスとらんですだども、今年ゃイベントも組んでみようっつうことになりまスて。へぇ、『かぐや姫行列』なんちゅうのも予定しとりますで。選ばれたかぐや姫様を中心に地上から月にお帰りになる場面を再現いたスますで。昔は角谷一族の年頃の娘っこの中から選んだと聞いとりますが、今年ゃ誰でも、応募できますだで、我こそはと思わん者は何方《どなた》でも参加できます。皆さんもどうぞ、お気軽に」

「あまり、聞きませんネェ」

「へぇ、ここの祭りゃ、何十年何百年にいっぺん、それもいつ優曇華《うどんげ》の花が咲くかなんぞ、わからネェで。取り立てて宣伝はしとりません。本来は村の中だけの秘密の神事《まつりごと》ですだが、たまたまお泊り合わせのお客様方だけには、ご案内させて頂いとりますで」

「でも……」

百合が訊き返した。

「昔から、優曇華や笹目竹《ささめたけ》の花が咲くと〝不吉〟っていう地方もありますよね」

「百合！」

紫《ゆかり》が慌てて止めた。せっかくの祭りの華々しさに水を差《さ》すと思ったからだった。

「へぇ…そういう話も聞きますけんど、角谷《かくや》では、めでてぇコンでごぜぇますんで。それでは、露天風呂《ろてんぶろ》へご案内致スます。どうぞ」

そう言うと、仲居は先に立って歩き出した。

薄暗い廊下を奥へ奥へと進んでいく。恐らく、後から建て増したのであろう。途中から、照明の雰囲気がガラッと変わった。

「ねぇ、百合。あんた、今夜の〝かぐや姫役〟に応募してみたら？」

露天風呂へ続く廊下を歩きながら、由香が唐突に言い出した。

「えっ？　私が？　い、いいよ」

百合は慌てて、頭を振った。

「なんで！　せっかくのチャンスじゃん！」

「そうだよ。百合なら髪型も〝お姫様〟タイプだし、十二単《じゅうにひとえ》でも着れば、バッチリキマるんじゃない？イイんじゃないかな？」

「そうだよ。出てみなよ」

と、響子も麻美も賛成する。

「苗字だって、角谷って書くんだし、ちょうどイイじゃん」

前を行く仲居の背中がビクッと揺れ、ほんの一瞬、動きが止まった。

「私、そういう華やかなとこ、苦手なんだもん」

百合が困ったように答える。

「勿体無いけどナァ」

「まぁ、当人がイヤだって言ってるんだもの。仕方ないよ」

明美が皆を宥《なだ》める。

「残念だねぇ。百合の十二単、綺麗だと思うけどナァ」

「この中では百合が一番、かぐや姫が似合いそうだけど」

百合は、曖昧に微笑んでいる。

「じゃあ、私、出ようかな」

由香が呟く。

「アー無理、無理。アンタじゃせいぜい〝アンミツ姫〟がイイところだよ」

「ひどぉ〜い！」

「お客様……」

仲居が百合に小声で訊ねた。

「ハイ?」

「お客様は、角谷《かくや》様ンとこのご親戚ですだか?」

仲居が確かめるように百合に訊ねてきた。

「いえ、それがよく……。確かに苗字は角谷と書くんですけれど、読み方は『つのがい』だし……」

「さようですだか」

仲居がお愛想笑いをしながら頷いた。


「ああ、美味しかったぁ」

「こんなに食べたの久し振り」

「二週間にわたる汗と涙のダイエットが今夜一晩でパアだぁ!」

明美が浴衣の胸元を覗きながら呟いた。

「このデザートワイン最高! 何ていう銘柄? 私、フランス語読めない」

「モー…ゼル…ドイツ産じゃないの?」

響子もボトルのラベルを見つめて難しい顔をしている。

「ねぇ、ワイン通の由香?」

「ウ〜!」

「どうしたの、由香！　お腹イタイの？」

響子が屈みこんで、唸っている由香を見下ろしている。

「く、食い過ぎたぁ！」

「由香…アンタねえ！」

「も～、なんも入らん！」

由香は窓際のソファーに大の字にひっくり返り、お腹を摩りながらうめいている。

「人騒がせ！」

「由香ったら、カバみたいに食べてたからネェ」

「ここぞとばかりに、ドカ喰いするンだもの。また太るよ」

「ほっといて！」

由香が皆に向かって顔をしかめている。

「さぁ、腹ごなしに〝美人の湯〟〝美人の湯〟」

「また、行くの？　好きネェ」

「ウ～ン、でも、まだ三回目だよ」

「ねぇ、百合も行こう」

麻美が誘うと、心なしか百合の顔色が冴えない。

「私、イイ……」

「どうしたのよ。気分でも悪いの？」

皆の視線が一斉に百合に注がれた。

「ちょっと、眠い……食べ過ぎたかナ。最後のワインが効いたのかも……」

「だって、百合。言うほど食べてないよ。〝猪鍋《ボタン》〟三人前完食の誰かさんと違って……」

見ると、由香がムッとした顔をしながらアカンベーをしている。

「顔色悪いよ。お蒲団敷こうか？」

紫《ゆかり》が心配そうに訊ねる。

「大丈夫、ちょっと、疲れただけ。私、今度は留守番してるから、皆、お風呂行ってらっしゃい」

「……そう？　じゃ、皆、行こ……」

「心配だなぁ……私、残ろうか？」

紫が言うと、

「大丈夫よ」

百合は微笑んでみせたが、その表情は心なしか蒼ざめているように感じられた。

「じゃ、お願いネ。できるだけ早く戻ってくるから」

「平気よ。ごゆっくり」

「じゃ、気分が良くなったら、後からおいでよ」

「うん……」

紫達は百合一人を部屋に残して、露天風呂にでかけた。

「ああ、いいお湯……」

「百合も来れば良かったのにネ。折角〝美人の湯〟に浸りに来たのに、もったいないよ」

「でも、食事の前に二回も入ったんでしょ?」

「ウン、さっきは元気だったんだけどナァ。あの大人しい娘《こ》が、珍しく、はしゃいでたもの」

「あの娘《こ》、普段から長《なが》っ風呂《ぶろ》だし、内風呂のつもりで入って、湯中《ゆあた》りしたんじゃない?」

「そうかナァ……」

「ほら、見て見て！　玉の肌！」

由香がこれ見よがしに周りに自称Nice Body《ナイスバディ》を誰かれ構わず見せ付けている。

「バカ！　前を隠しなさいったら！　恥ずかしいナァ！」

「イイじゃん！　女どうしなんだからぁ！」

「いくら女どうしだからって……あんた、羞恥心ってもの、どっかに落っことしてきたンじゃないの！」

「気にしない、気にしない。解放感よ！」

突然ガラッと引き戸が開いた。

「ヒャッ！」

由香が慌てて前を隠しながらドブゥンと湯に身を隠す。例の仲居がヒョッコリ顔を出した。

「アーッ、びっくりしたァ」

「仲居さんか……。脅かさないでよ」

「アーッ、お客様ァ。先程はご案内し忘れたども、この『香倶耶の湯』は、午後十時から明け方の六時までは、混浴になりますだで。よろスくお願い致しますです」

「ウェッ！」

「ま、拙《まず》い！」

「ヤダ！　あと、三十分しかないじゃない！」

脱衣場の時計を見ながら麻美が皆に言った。

「そういうことは早く言ってよネ！」

「申スわけありません」

仲居は別段悪びれた様子も無く、愛想笑いをすると引っ込んでいった。

「ふう……まいったネ」

「混浴って、水着着用なのかな、やっぱり…」

「まさか」

「どうかなぁ、クアハウスじゃないし……」

「万一の用心のために水着持って来るように決めといて正解だったかも……」

「でも、さあ」

皆の視線が一斉に紫《ゆかり》に向けられる。

「ちょっと！　紫！　どういうこと？　説明して！」

「な、何が？」

「あんた、彼氏からここが混浴だってこと、聞いてなかったの？」

紫がキツネにつままれたような表情で、思いっきり首を振る。

「一杯食わされた？」

明美が呟いた。

「楠見さんも知らなかったんじゃない？」

「知らないってこたぁねぇべな。あんだけ、詳しく説明しといて……」

「〝ねぇべな〟って、あんた、いったい何県人《ナニじん》？」

「なんか、謀略の匂いを感じるね」

「紫、アンタ、まさか、彼氏の策略の片棒担いでいるんじゃないでしょうね。後でコッソリ待ち合わせとか」

「し、知らないよ。で、でも、イイお湯だったでしょ？　食事も美味しかったし……」

「仕方ない、そろそろ上がろうか」

「でも、なんだかんだ言って、私達、もう一時間半近くも入ってるよ」

「そんなに!?」

「どうりで、逆上《のほ》せそう」

「ねぇねぇ！　また、来てみる？　十時過ぎに……」

麻美が由香に耳打ちする。

「イイ男が泊まってるかな。ケケッ、楽しみ～」

由香は頷きながら勝手に妄想を爆発させているようだ。

「十五夜の月がこうこうと冴え、私以外は誰もいない。ふと気が付くと湯気の向こうに、清《すが》しい殿方のシルエット……そして、渋い声が徐《おもむろ》に……もしもし、お嬢さん。貴女の名は？」

「あ〜い〜！　わちきの名は、かぐやでありんす〜」

「それじゃ、花魁《おいらん》じゃない！　由香！　あんた、時代劇ファンのクセに設定、無茶苦茶」

明美が呆れかえっている。


百合はついに現れなかった。心地好い夜風に熱《ほて》った身体を曝して涼みながら響子が心配そうに呟いた。

「百合、来なかったネ」

「大丈夫かナァ……」

「ちょっと、心配だネ」

「見てきた方がイイかな」

「でも、もうすぐ部屋に戻るし……」

「もう治ってるんじゃない？」

「治ってたら、来るでしょうよ」

「百合、ここがもうすぐ混浴になるって知らないよ」

「まずいじゃない！」

「私、見てくる」

麻美が素早く身体を拭いて、浴衣を羽織ると脱衣場から足早に出て行った。

十分以上経っても、麻美が戻ってくる気配は無かった。

「麻美、遅いネ」

「百合、具合が悪いのかナァ」

「どっちにせよ、もうそろそろ上がらないと、時間切れ《タイム・アップ》だよ」

そんなことを皆で話していると、ドタドタと廊下を歩いてくる音がする。

「あっ！　帰ってきた。麻美……」

ガラス戸越しに大きな人影がぬうっと。そして、間髪いれず、ガラガラッと勢いよくガラスの引き戸が開いた。

「キャアァァァァ!!」

誰かが悲鳴をあげた。今度は先ほどとは違う、少し若い仲居だった。

「ああ、ビックリした！　また、仲居さん……。まだ、十時前なのに、男の人がもう入ってきたのかと思ったじゃない！　で、今度は何？」

「申ス訳ございません」

重ね重ねの取って付けたような詫びの言葉に皆、さすがに憮然としている。

「混浴の件は、さっき別の仲居さんから聞きました。また何か？」

「あのぅ、幹事様に、ご面会の方が……」

「紫《ゆかり》に面会？　こんな時間に？　どなたですか？」

「男の方で……」

「男の方？」

身体にタオル一枚巻きつけたままで涼んでいた紫《ゆかり》が、弾かれたように風呂場を飛び出した。

「あっ、紫！　待ちなさいってば！　コラ！　せめて浴衣くらい着なさい！」

三人は慌てて、浴衣を羽織ると後に続く。

「恭平さん！」

「紫！」

フロントで待っていたのは恭平だった。恐らくクルマを飛ばして来たのだろう。その表情には、疲労の色がありありと見える。

「よかったァ、やっぱり、来てくれた……」

紫が恭平に飛びついた。

「おいおい。ところで、紫、何って恰好してんだ！」

「えっ？　ワーッ！　キャ～！　ヤァダー！」

紫はそう言われて、初めて自分がタオル一枚のあられもない姿で、恭平に抱きついていることに気付いたらしく、真っ赤になって泣き出してしまった。

ふぇ～ん。

恭平の服の裾や袖口がだいぶ濡れてしまっていた。

「自分から抱きついといて、泣くこたぁないだろう」

「ご、ごめんなさい」

「それよりも、いったいどういうつもりなんだ！　こいつぁデッカイ〝貸し〟だぞ」

「アッ！　やっぱり、紫《ゆかり》のヤツ……」

「予想通りの展開」

その声に二人が振り返ると、明美達が驚いたように凝視していた。日頃の運動不足に加え、夕食の健啖ぶりがよほど堪えているらしく、由香は、まだハァハァと息を切らしている。

「えっ？　やあ、先日は……」

恭平がにこやかに挨拶した。

皆、慌てて、乱れた浴衣の裾を整えている。

響子が持ってきた浴衣を素早く紫に着せてやる。

「ほら、早く着なさい。いくら、カレシの前でもみっともないよ」

紫が恥ずかしそうに俯いたまま、おずおずと浴衣を身に纏った。恭平は恭平で、なんとも複雑な表情でうしろを向いている。

「楠見さん！　どうなさったんですか？　こんな夜遅く……」

「やっぱり、紫とここで約束を？」

明美達がキョトンとしている恭平に不審げに問い掛ける。

「いやぁ、実はさっき、紫から電話がありまして、皆さんのクーポン券を家に忘れてきたって。まったく！　浮かれて……ちゃんと、最終チェックしなきゃダメだって怒ってたところなんです」

「ホントなの？」

消え入りそうな顔つきでコックリと頷く紫《ゆかり》に明美が呆れたように言い放った。

「そのためだけに、楠見さん、ワザワザ⁉」

「紫、まったく、アンタって娘は……」

「呆れた！」

「楠見さん、かわいそう…」

紫の大ドジ振りに全員唖然とするばかりである。

「まったく、しょうの無いヤツだ」

恭平が紫の額をポンと突っついた。

「じゃあ、僕はこれで」

紫にクーポン券を手渡すとそう言って恭平は踵を返しかけた。

「えっ？」

明美達もさすがに驚いている。

「このまま、すぐ、お帰りに？」

「かわいそう…」

「紫……そりゃ、いくらなんでもひどいよォ」

「あんまりだヨ」

「このまま、帰すなんて！　まさしく鬼《オニ》の所業だネ！」

「あと一人分の増員くらいなんとかなるでしょ？　お部屋、空いてるみたいだし……」

「なんとかしてあげなさい！　紫《ゆかり》！」

「無論、紫の自腹で！」

「当然！」

皆、口々に紫を責め立てる。

「あんた一人のドジのために気の毒過ぎるよ！」

「そうそう」

恭平は手を振って笑った。

「いいんですよ。ココを紹介した手前、僕にも責任の一端はあるし……」

「優しい」

「イイ人なんだネ、やっぱ……」

「それにしても……」

「楠見さん、私達のためにとんだ御迷惑をおかけしちゃいましたね。すみません」

明美達が申し訳無さそうに恭平に詫びた。

「紫のこと、許してやってくださいネ。このドジ娘には、後で私達からよ～く言っときますから」

「紫ィ、あんた当分楠見さんに頭上がらないよ」

「楠見さんに謝りなさい。紫！」

改めて、皆の顰蹙《ひんしゅく》の視線が一気に集中する中、紫《ゆかり》がようやく聞き取れるほどの小声で恥ずかしそうにボソボソと呟いた。

「ごみん…なしゃい…」

恭平も仕方無い、という表情で苦笑している。

「まったく」

「だいたい、あんたはいつも……」

誰かがそう言いかけたのと同時に、背後から大声がした。

「みんな……」

麻美だった。全力で駆けて来たのか、ハアハアと息が荒い。

「どうしたのよ」

「た、たいへん」

「だから、どうしたの」

「百合が、百合が、消えちゃった!」

「なんですってぇ!」

「トイレとかは?」

「探した」

「売店の方は……」

「全部探したよ。でも、どこにも居ないの!」

「それに、床《とこ》はのべてあるけど、服も残ってるし、浴衣もキチンと畳んで残ってるの」

「服も、浴衣も!?」

「それじゃ、着ていた浴衣をワザワザ脱いで、裸で消えちゃったわけ？」

百合は忽然と消えたままだった。

部屋では紫《ゆかり》達が、呼ばれて飛んで来た仲居達を取り囲むようにして問い質している。

「いったい、どういうことなんですか？」

「どういうと申されマスても私共は……」

件《くだん》の仲居が項垂《うなだ》れている。番頭らしき、初老の男が頻りに首を傾げている。

「お散歩にでもおいでになられたとか……」

「でも、彼女の服も財布も浴衣も此処にあります。まさか、全裸《はだか》で散歩なんて……」

「さいでがすナァ」

「他人事《ヒトごと》みたいに言わないでよ」

「はぁ、申ス訳ございやせん」

「どうしちゃったんだろう。百合…」

「玄関からお出になられれば、必ずフロントが確認いたしますで」

「てぇことは、玄関からは出てってないってこと？」

「とにかく、警察へ連絡してください！」

番頭は平身低頭、畏《かしこ》まりながら部屋を出て行った。

「ふぅ……」

　響子が大きな溜息をつく。

「いったい、どうなってるの？」

　皆、沈み込んでいる。

「自分で出て行った形跡がない……ということは、誰かに拉致された……」

「まさか」

「第一、理由は？」

「そんな事、分かるわけないじゃない！」

　響子が声を荒げて答える。

「百合、無事でいてくれると良いけど……」

「誘拐されて、強姦されて、その挙句……」

「滅多なこと言わないで！」

　誰かが大声を出した。


　行方不明事件の現場となった彼女達の部屋で、恭平は腕組みをして考え込んでいる。駆けつけて来た駐在と再度呼ばれてやって来た番頭も神妙な顔つきをしている。紫《ゆかり》は先程から、不安そうに恭平に寄り添ったままである。

「ふぅん…すると、皆が露天風呂に入っている約九十分間にいなくなったわけか…」

「で？　番頭さんが部屋に蒲団を敷きに来たのは？」

恭平が番頭の男に問い質す。

「へえ、私共でお床の準備を致スますたのが、八時チョイ過ぎでございまスて」

「その時にはすでに角谷《つのがい》さんの姿はなかったんですね？」

「へえ、お部屋には、脱ぎ捨てたようなお衣裳と浴衣はごゼェやスたが、どなたも……」

「じゃ、彼女がいなくなったのは、皆が露天風呂に入浴にいってから、番頭さん達が蒲団を敷きに来るまでの、わずか五〜六分間？」

「へえ……」

「そんなわずかな時間で、人一人、誘拐したりできるものかしら……。しかも、わざわざ服を脱がして」

皆、首を傾げている。

「状況からして、百合さんは裸かあるいは下着姿のままなのだろうから、自分の意志で出ていったとは考えにくい。とすれば、袋か何かに詰められて、運び出されたと考えるほうが自然だ。でなければ、そんな目立つ一行を目撃した者が誰一人いないなんてことはありえない……」

初老の駐在と女性達は恭平の説明に頷いている。やがて、駐在は本署への連絡のためと称して、逃げるように引き上げていき、仲居達も帳場へ下がっていった。

「駐在さんも土地《ここ》の出身なのね」

紫《ゆかり》が唐突に呟いた。

「なんで?」

恭平が訊ねる。

「だって、あの駐在《ひと》の着けていた制服の肩《ショルダー》ベルトの内側に〝角谷利吉〟って書いてあったし、胸のバッジにも角谷って…」

「見たのか?」

「うん。私、警察官の制服って、間近で見たことなかったから、なんの気なしに見まわしていたの。そしたら……」

「ふぅん」

「それにしても百合は、いったい……」

紫《ゆかり》が不安そうに恭平を見つめる。説明を聴いた恭平は、まだ、ジッと考え込んでいる。


「そうか」

やがて恭平が大きく頷いた。

「こりゃ、かなりクサイな」

「何が?」

「この際、考えられるのは二通り。一つは、百合さんが、皆が入浴しに行った後、何かの目的で、自ら姿を消した――」

「そんなこと……」

「あの百合に限って、私達に黙って何処かへ行くなんて……」

「考えられないワ」

皆、口々に言った。

「と、すると……」

「何ですか？」

「残る一つは、勿論、誘拐の線だが、しかし……」

「誘拐は誘拐でも、単なる人攫《ひとさら》いじゃない。もっと何かこう、大きなカラクリがあるんじゃないかな」

「どういうことですか？」

「つまり、背後に大きな組織なり、団体なりが関わっているんじゃないかってこと。イイかい？　百合さんが理由も無く、服も浴衣も着ずに裸で、しかも誰にも見られず、自発的に姿を晦ましたとは考え難いとするならば、他に考えられることは、百合さんは外に連れ出されたのではなく、まだこの旅館のどこかに隠されているという可能性。しかし、何の目的で？　彼女は皆と一緒に今日初めてやってきたばかりだ。百合さんも此処と自分の姓との関係は不明だと言ってたんだろ？」

「ええ」

「それじゃ、犯人は彼女を拉致すべき理由を見出したということか…」

「そうねぇ…」

「取り敢えず、彼女を隠しておいて、後で連れ出す？　いやいや、それにしては、誘拐の事実の発覚が早すぎる。もっと発見が遅くなるような隠蔽工作の一つくらいしてあってもおかしくない。僕らが必死で探すのは目に見えているし、それに皆も今夜はここに泊まるのだから、この建物内に隠されていれば、遅かれ早かれ発見されてしまう可能性が高い。だから、騒動になってから彼女を移動させるのは却って難しい」

「と、いうことは……」

「やはり百合さんは、不本意ながら既に誰かに屋外に連れ去られたとみるのが妥当だ。しかし、このさほど広くもない旅館の中を誰にも見られずに裸の女性を客室から拉致することなど考えられない。それなのに、旅館内はおろか村の何処にも見た者がいない。もし誰かがそんな怪しい一団を見れば、当然不審に思って駐在に連絡するだろう。にも拘らず、一人も目撃者が名乗り出てこない。でも、実際、百合さんはいなくなった」

「……」

「すなわち、そんな異様な一行を目撃しても誰も変だと思わなかった。あるいは、目撃したとしても、それは皆、承知の上だった」

「承知の上ですって⁉」

「それに、僕達に百合さんがまだ、この旅館の中に隠されていると思わせておけば、格好の目隠しにもなるし……こりゃ複数、それも結構な数の人間がこの行方不明事件に関わっているということじゃないかな」

「じゃあ、つまり……」

「そう…つまり、そんな姿は見ていないと証言した人間のうちの何人かは、ウソをついていると考えれば、ある程度納得できる。それに、何故、百合さんが狙われたか。此処にほぼ同じ条件の六人の女性がいたわけだし、百合さんである必然性は？　それとも行き当たりバッタリで、百合さんを狙ったのだろうか。そうとも考えられる。だが、説明によればここに着いて以来、六人のメンバーのうち単独で行動する機会があったのは、百合さん一人、おまけに夕食後、体調を崩したのも彼女だけだから、何か作為的なものを感じる……」

「……」

皆、お互いに首を傾げながら顔を見合わせている。

「紫《ゆかり》、ここに着いてから百合さんに変わった事はなかったかい？」

「いえ、特には……」

「どんなことでもいい」

「……ないよね」

紫が皆に確かめるように訊いた。

「アッ！　旗本退屈女！」

由香が思い出したように手を叩いた。

「そう言えば……」

「何か思い出したか？」

恭平が訊き返す。

「着いて早々、皆で旅館《ここ》の浴衣に着替えた時、百合の胸に三日月型のアザがあって……」

「ああ、そうそう、あった」

麻美も思い出したようだ。

「〝三日月型のアザ〟!?」

「ええ、でも、本人も何処で付いたのか、分からないって……」

「そうか…もしかすると……」

「何か分かったんですか?」

「かぐや姫……」

「かぐや姫!?」

「紫《ゆかり》! 僕がかぐや姫の遺言の場面を朗読した時の事、憶えてるか?」

「なんのこと?」

恭平は慌てて、持ってきた例のノートを取り出すと、パラパラと捲っていたが、

「あった! いいかい? 〝優曇華《うどんげ》(笹目竹《ささめたけ》)の花〟開花せし時、我は蘇らん。一族の女《むすめ》を探すべし。我が徴《しるし》を持つ女《むすめ》、其《そ》は我が再来の証《あかし》なり〟」

「その徴《しるし》というのは、別の学者の研究によれば、身体のどこかに表れる月夜夢《つくよむ》(かぐや)姫に因んだ三日月の形だというんだ」

「三日月!?」

「それじゃ……」

「ああ、僕が思うに、彼女自身は気付いてたかどうかはわからないが、百合さんの先祖は恐らく、此処、

角谷《かくや》の出身《で》だ。百合さんの先祖は何かのきっかけで、この角谷を出て、別の土地に移り住んだ。そのときにかぐや姫の秘密を知られないため、『かくや』の読みを『つのがい』に変えたんだ。つまりその子孫である百合さんこそ、正真正銘、かぐや姫の〝生まれ変わり〟だ。今年、百合さんの身体に御徴《みしるし》が表れたのも、優曇華の花が咲いたのも、そして、彼女がこの時期、この温泉場に来ることになったのも、みんな偶然じゃない。千年前から巧妙に仕組まれた〝かぐや姫復活〟の壮大なドラマなんだ。これこそ〝輪廻転生〟なんだよ」

「…と、すると……」

「月夜夢《つくよむ》姫命《ひめのみこと》神事《まつり》だ！　行こう！」

恭平達が月夜夢神社の香倶耶堂に辿り着いた時、既に神事は始まっていた。燃え盛るかがり火に照らされて、神官と氏子らしい男が両手を大きく広げて道を塞いでいた。

「部外者《よそもん》は、ここから中には入っちゃなんネェ」

「このまま帰らっしゃい！　大事な神事《まつりごと》の最中だで」

「ここに僕らの友達が来ているはずだ」

「ここを通してください！」

「百合を返して！」

紫《ゆかり》達は口々に叫んだ。

「いいや、なんネェ！」

「神事が終われば、無事に帰す」

「やっぱり、百合が中にいるのね」

「今すぐ、旅館《やど》へ戻らっしゃい！」

禰宜《ねぎ》の装束を身に纏った神官が恫喝した。

「間もなく月夜夢姫命《つくよむひめのみこと》様がお出ましになられるです。どうか、堪えてくだせぇ」

禰宜の背後にいた、装束を着けた氏子の男が土下座をした。明美が男の正体に気付いた。

「あなたは、番頭さん……」

「冗談じゃないわ！　大事な友達の一大事を黙って見過ごせるわけないでしょう」

小柄な由香が隙を見て、男達の間をサッと通り抜け、堂の扉に手をかけ力の限り引っ張る。

「アッ、これ！」

「やめれ！」

古い木の軋む音がして、重々しい堂の扉が観音開きに開け放たれた。

「ああ……」

意外に広い中では勢い良く護摩が焚かれ、四人の巫女姿の女性が、鈴を鳴らしながら、盛んに聞き慣れぬ呪文を一心不乱に連呼している。内の一人は、あの年配の仲居だ。

そして、護摩壇の奥の御座《みくら》に鎮座している、雛人形のように美しく着飾った女性……。

「かぐや姫の……人…形？　あっ、百合！」

紛う事無き、百合が、ジッとこちらを向いて座っている。

「綺麗……」

「ステキ！　本当に…かぐや姫みたい……」

「感心してる場合じゃないでしょ！　百合、目を醒まして！」

「聞えないの？」

「百合ってば！」

「無駄じゃ。あの御台には、既に月夜夢姫様が憑《かか》っておられる」

「我らがかぐや姫様の復活じゃ」

その時、瞑っていた百合の目が薄らと開いた。

「百合！」

百合は、皆の呼び掛けなどまるで聞えていないようにゆっくりと立ち上がった。

その唇が微かに開き、笑みが洩れる。

「我《ワラワ》ハ、カグヤ……ナヨ竹……ノ……カグヤ……」

「百合……」

「ついに、ついにかぐや姫様のお出ましじゃ」

「我らが願いは月に届いた！」

「本願！」

いつの間にか集まってきた村人たちに狂喜のどよめきが走る。互いに手を取り合い、肩を抱き、涙する者さえいる。

恭平達はただ呆然と成行きを見守った。

百合は、まるで意識が無いかのような、なんとも心許ない歩調でゆっくりとこちらに向かって歩みを進めて来る。そして、その瞳は何故か、ある一点、恭平に注がれている。

「今宵、我ハ目覚メタ。千年《チトセ》ノ時間《トキ》ヲ経シ我ガ想イハ、今コソ蘇リタリ」

百合は、まっすぐ恭平に近付くと暫し、見つめている。

「百合！」

「目を覚して！」

しかし、それらの呼び掛けに百合は全く反応を示さず、ただ一直線に恭平に向かって歩を進めてゆく。

「角谷《つのがい》さん……」

と、百合がツゥーと恭平に近寄ったかと思うと、いきなり抱きついた。

「アッ！」

見守る誰もが一様に驚きの声を挙げる。

「オ懐《なつ》カシュウゴザイマス。愛《いと》シイアナタ……」

「えっ？」

今や、身も心もかぐやとなった百合に縋りつかれたまま、恭平はなす術もなく立ち尽くす。

「な、懐かしいって……」

「ワラワヲオ忘レデゴザリマスルカ。カグヤニゴザリマス。ナヨ竹ノカグヤニゴザリマスル。三郎介サマ……」

「三郎介だって？　僕が？」

恭平が唖然としている。

「そんなバカな。それじゃ百合だけじゃなく、恭平さんも姫の殺された恋人、三郎介の生まれ変わりだというの？」

紫《ゆかり》にはこの意外極まる成行きがとても現実の出来事とは思えなかった。

「千年《チトセ》ノ間、我ガ胸ニ秘メシ、熱キ想イハ、今宵、漸《ヨウヨ》ウ成就セリ……。三郎介様、カグヤハ、三郎介様ニオ会イデキル日ヲ一日千秋ノ思イデ、オ待チ申シテオリマシタ。アア……懐《なつ》カシキカナ……コノ体温《ヌクモリ》……。愛シキカナ……コノ息吹《イブキ》……。ワラワハ、アナタ様ヘノ永遠《トコシエ》ノ愛ヲオ誓イ申シ、オ慕イ続ケテ参リマシタ。アナタ様ノ俤《オモカゲ》ハ、陽光《アサヒ》ニ融ケ行ク朝露《ツユ》先ホドモ、忘レシコトハ御座リマセヌ。カクシテ、逢瀬ノ時、今再ビ巡リ来タリシ上ハ、モウ二度ト離レハ致シマスマイ。我ガ愛シキ、三郎介様……」

そういうと百合は、ソッと目を閉じた。そして、呆気に取られている恭平の唇に百合の唇がソッと重なり合い……。


「な、なんですってぇ!!」

紫は大声で叫ぶと二人に駆け寄り、思い切り百合を突き飛ばした。

「何ヲスル！」

百合が腹立たしげに吐き棄てる。

「それはこっちが聞きたいわ。いったい、どういうことよ！　百合！」

「ナニィ！」

百合が紫《ゆかり》を睨み返す。が、その表情はやがて、嘲笑に変った。

「コレハコレハ。何方《ドナタ》カト思エバ、車持皇子《クラモチノミコ》様デハゴザリマセヌカ……。其方様《ソナタサマ》コソ、我ガ求メシ結納ノ品、手ニ入レザレシハ、御身自身《オンミズカラ》ノ不手際ニテ、我ヲ責ムルベキニヤアラズヲ、アマツサエ、偽物《マガイモノ》モテ我ヲ謀《タバカ》ラントシタルヲ棚ニ上ゲ、我ガ其方《ソナタ》ノ求婚《モトメ》ヲ拒《コバ》ミタルヲ逆恨ミテ、闇ニ乗ジ配下《モノドモ》数多《アマタ》集《ツド》ワシ、三郎介様殺《アヤ》メシ非道、努々《ユメユメ》忘レハ致シマセヌゾ」

「私が車持皇子ですって？　三郎介を殺した？　私は……」

「ヨモヤ、オ忘レナドト申サレタリハ致シマスマイナ！」

百合は再び恭平に抱き縋る。

「オオ、オ労《イタワ》シヤ。三郎介様、ワラワガドレホド悲シク、深ク嘆キシカハ、到底御解リ頂ケマスマイ。其《ソ》方様《ナタ》ガ亡骸《ナキガラ》ニ縋リツキ、七日七晩《ナヌカナナバン》泣キ臥シ、イツシカ涙モ涸レ果テ、最早コノ地ニ何ホドノ望ミモナク、空シク母星《フルサト》ニ帰リタル心ノ痛傷《イタデ》、如何許《イカバカ》リカ、何卒オ察シクダサイマセ」

「ヒ……メ……ワタシ……トテ……」

恭平の言葉つきまでが妖しくなり、その瞳には輝きが無くなってきたように感じられた。

「紫！　楠見さんの様子がおかしいわ！」

「もしかしたら、恭平さんの中の三郎介も覚醒し始めているのかも……」

響子が紫に耳打ちした。

「そんな……」

紫《ゆかり》が呟く。その手には、どこから見つけてきたのか、いつの間にか竹を刈る鉈《なた》が握られている。

「そんなの絶対に許せない。いいこと！　百合！　アナタと恭平さんが前世でどんな関係だったか知らないけれど、現世《いま》では私が恭平さんの恋人なの！　いい加減に諦めなさい！」

「黙リャ！」

百合が鋭い目付きで紫を睨む。

「オノレ……忌々《イマイマ》シイ……前世ニオイテ我ラガ間ヲ引キ裂キシダケデハ飽キ足ラズ、コノ上、邪魔ダテスルカ！」

「それはこっちの言うセリフ！　あなたは、既に過去の、伝説の人だわ。その過去の遺物が、今更ノコノコ戻ってきて、現世《このよ》のことに口出しする権利などあると思って？」

百合の表情が次第に険しくなっていく。

「ヌゥゥ……！　赦セヌ。フフッ、折良ク、五人《イッタリ》トモ集《ツド》ウテオイデジャナ。カクナル上ハ、我ガ母星《ホシ》ノ科学力《チカラ》、今一度《イマヒトタビ》、見セテクレヨウゾ」

「五人とも揃ってる、ですって？」

明美が呟いた。

「五人って、私達のこと？」

「それじゃ、私達五人がかぐや姫に求婚してフラれた五人の公達の〝生まれ変わり〟な訳？」

「どうやら、状況的にそのようね。そうなるってぇと、まんざら知らん顔もできないわねぇ」

麻美が仕方がないといったジェスチャーをする。

「これが現実なら、さしずめ『舞台は誤配役《ミスキャスト》でいっぱいだ!』ってなとこかな。でも、百合の身体は取り戻さなければネ」

由香も身構える。

「赦せない……」

紫《ゆかり》がつかつかと前へ出る。

「紫! 危ないヨ!」

「元はといえば、みんな、恭平さんを無理に引っ張り込んだ私のせいだもの! だからと言って、千年も昔《まえ》の恋を理由《たて》に、私から大切な人を奪おうなんて、恭平さんは女の意地にかけても渡さない」

「私達も加勢するよ。紫……」

「千年前の恋愛なんて、とっくに賞味期限切れ! 今更、〝品質ラベルの書き換え〟なんて、どこかの食品メーカーみたいな姑息な手段、絶対認めないからね。早く、月でも何処でもお帰り!」

「そうよ! トットと帰ってウサギと一緒に餅でも搗《つ》いてな!」

「オノレェ……」

百合が凄む!

見ると紫の目付きまで変わってきている。

「百合……いいえ、かぐや! 今すぐ、恭平さんを放しなさい。でないと、いくら友達でも、私はもう……」

言うが早いか、紫《ゆかり》は手にした鉈《なた》を大きく頭上に構え、百合に向かって振り下ろした。

「ハッ！　止せ！　紫！」

恭平が咄嗟に百合と紫の間に割って入った。

ドスッ。

鈍い音がして、血飛沫《ちしぶき》が飛ぶ。

恭平が百合を庇ったまま、二人ともドッと倒れた。

「恭平さん‼」

それきり、紫の意識は遠のいていった。


「紫……」

「紫……」

紫がうっすらと目を開けると、どうやら旅館の部屋？　周りを皆の顔が心配そうに囲んでいる。

「アッ！　気がついた！」

「紫！　紫！　判る？」

紫が微かに頷く。

「よかったァ」

皆の安堵の溜息が聞える。

「み……んな……どうなったの？　百合……に恭平さん……ハッ！　恭平さん！　恭平さんは？」

「ココにいるよ。紫《ゆかり》……」

斜め上を見上げると、そこに恭平の笑顔があった。目頭が急に熱くなった。見ると、恭平の右腕に痛々しく包帯が巻かれている。

「き、恭平さん。腕、どうしたの？　まさか、それ、私が……」

「大丈夫。大した事は無い。かすり傷だよ」

「私、私、恭平さんと百合を殺そうとした……」

「もう、気にするな。皆、命は無事だったんだ」

「でも……」

「紫……」

百合も頭に包帯を巻いている。

「あっ百合！」

「心配掛けてごめんネ」

「そ、その怪我……」

「ううん。紫がやったんじゃないわ。貴女に飛びかかられた時、咄嗟に倒れて、頭をぶつけたのよ」

「じゃあ、大丈夫なのね。良かった、本当に！　そうだ。か、かぐやは、かぐや姫はどうなったの？」

「月に帰ったよ。今度こそ……ネ」

恭平が紫の髪を優しく撫ぜながら言った。

「結局、どういうこと?」

「つまりね……」

熱いコーヒーを啜りながら、恭平が事件の顛末を語って聞かせた。先代のかぐや姫が世を去ってから早十数年の年月が流れ、その間、かぐやの御徴《みしるし》を持った一族の女性が現れる事はなかった。ところが今年、角谷の村には三千年に一度といわれる優曇華の花が咲き、村人達は、すわ、これぞ吉兆と、伝説のかぐや姫復活の神事の準備に、急ぎ取りかかった。ところが、肝心のかぐや姫の候補者、つまり、御徴を持つ者がこの村の中にはおらず、月夜夢神社香倶耶堂の御神灯を守る禰宜《ねぎ》達は困り果てていた。仕方が無いので代理のかぐや姫役を立てようかと考えあぐねた。そんな折も折、偶然にも紫達六人が、このM温泉にやって来た。そして、月夜夢神社の巫女(彼女は普段、生計のためにこの旅館で仲居のアルバイトをしているのだが…)が彼女達の会話から、この角谷《つのがい》百合《ゆり》こそが、永年待ち望んでいたかぐや姫の生まれ変わりである事に気付き、禰宜達に報告した。そこで彼らは、かぐや姫を復活させるためにどうしても百合の身体が必要となり、食事の時に百合のデザートワインのグラスに睡眠薬を仕込み、他の五人が入浴しに部屋を出た隙に、薬が効いてフラフラになっていた百合を女達が素早く着替えさせ、拉致してきたのだった。それから後は、例の騒動となり、紫《ゆかり》が百合に向かって振り上げた鉈に、一瞬、我に返った恭平が二人の間に割って入った。鉈は、目標からずれて恭平の腕を掠り、バランスを崩して二人が倒れこんだ時に百合は頭部を強打し、その衝撃で催眠状態にあった百合の意識が前面に浮き出てきたのであった。

「目撃者なんていないハズさ。関係者全員が一致結託して、この計画を実行したんだ。言ってみれば、百合さん略取の犯人は角谷村の全員なんだ」

「なんですって！　村人全員が!?」

「無論、駐在さんも加担してましたよねぇ」

恭平が振り向くと駐在はばつの悪そうな顔つきで頭を下げた。

「もっとも、現職警察官がそんな犯罪もどきに協力するわけないから、せいぜい黙認していたというのが正しいのかな？」

「誠に、申ス訳ございません。自分も元々この村の出身ですし、伝説は良く知っておりますたので、計画を聞かされますた時は、さすがに思い止まるよう、皆に申スますたが……心底、かぐや姫の復活を願う彼らの熱意に絆《ほだ》され、その上、もスも伝説が本当なら一目、本物のかぐや姫様をこの目で見てみてぇという興味も手伝って……。が、まさか、実際にこんな事態になるとは思いもよらず……」

「なるほどねぇ」

番頭と禰宜、それに仲居――いや巫女達、村の主《おも》だった者が畳に額を擦りつけて謝っている。

「なにもこんな誘拐紛いのことをしなくても、キチンと説明してくれれば、解決の手段《てだて》はいくらでもあったんじゃないの!?」

明美がいまだ怒りがおさまらぬ様子で言いすてた。

「ヘイ、確かに仰る通りでごぜぇます。スかス、手前勝手なことではごぜぇますが、かぐや姫様のお出ますは『無月抄』の予言によりますってぇと、ちょうど優曇華の花が咲いた月の満月の今宵をおいて他、ごぜぇやせんでスた。村の者は難儀スとりますた。なにスろ、かぐや姫様の降りられる御台《よりわら》以外は全て揃っておったのでごぜぇますだが、肝心の御台《よりわら》となる娘ッ子だけが現れません。そこへ、天の思ス召スか、神のお慈悲か、こちらのお嬢様がお泊りになられますた。お名前といい、御徴といい、間違いなく、この方をおいて他に無いと確信致スますた。事態は一刻を争いますた。私共にはゆっくりとご説明申ス上げて、ご承諾頂く時間がございやせん。急遽、〝コンテスト〟だのでっち上げますたが、仲居の話では、角谷《つのがい》様はご出場を渋っておいでだったとのこと。この上、事情ご説明申ス上げても到底ご同意頂けるご様子もなく、止むを得ず……」

「〝止むを得ず〟って、貴方方のなさった事は、犯罪行為ですよ！」

明美がいきり立つ。

「へい。それはよ〜く、存ズております。いくら村のためとは申せ、私共は角谷百合《つのがいゆり》様はズめ皆々様方にお掛けスた、ご無礼ご迷惑の数々、この頭をお下げスて済まそうなどとは、毛頭考えておりやせん。かくなる上は、如何《いかばか》許りでも、お許スを頂けるものなら我ら一同尽く、潔く自首申スまスて、お縄につこう思うちょります」

「村の人六十数名全員が逮捕される、という訳ですか？」

恭平が呆れながら訊ねる。

「へい」

村人達は口々に呟くと頭を垂れた。

「駐在さんも下手すると懲戒免職ぐらいじゃ済まないわよ。『また、警官の不祥事！』なんて新聞ダネにでもなったらマズイんじゃないの!?」

「はぁ……」

重い沈黙が漂っている。

百合が皆に向かって言った。

「百合!」

「もう、いいじゃない!」

「だって、あなた……」

百合は、明美達の言葉を制すと静かに言った。

「村の人達だって、何も悪気があってやった訳じゃないと思うの。純粋に伝説を信じた結果だし、それに……」

一同、黙って百合の言葉を聞いている。

「それに、私自身、こんな立場に置かれたこと、偶然以上の何かを感じるの。もしかしたら、私は皆さんの仰る通り、こうなる運命だったのかなって」

「でも、百合! 下手するとアンタは一生ここで……」

「それも、そうなる宿命ならば、仕方ないのかナって……。考えてみれば、かぐや姫と三郎介、それに五人のライバル。現世では、性別や立場は違っても、配役《キャスト》の頭数も全員揃ってるし……しかも、千年前の顛末を見事に再現している。かぐやの私と、三郎介の楠見さん、恋敵の五人——紫《ゆかり》、明美、麻美、由香、響子。そして、私は楠見さんに愛を語り、車持皇子《くらもちのみこ》の後身である紫《ゆかり》が三郎介を殺そうとする。幸い、今回、何故か車持皇子は完全に覚醒しなかったために紫は紫としての意識を失わず、結果的に幸いにも楠見さんは無事だったけれど、千年前の登場人物の後身が、想い出の地に集《つど》って、千年前と同じ状況を繰り返す。これが偶然だなんて、とても思えない。まさしく輪廻だわ。私達六人が奇《く》しくも同じ大学の同じサークルに集まったのも、紫が楠見さんと知り合ったのも、今回、ちょうど月夜夢姫神事の当日にM温泉に来ることになったのも偶然ではなく、むしろ〝必然〟だったのでは？　起こるべくして起こったのよ。だから、誰も責められないと思うの。ただ、楠見さんには、大変なご迷惑お掛けしちゃいましたね。怪我までさせちゃったし……。それと、紫にも凄くイヤな思いさせちゃったネ、ごめんネ」

そう言って、百合は頭を下げた。

「……で、その後は、謝罪の意味も兼ねて、文字通り村を挙げての大歓迎！　豪華料理と最高級のお部屋。それらが七人分、あっ、途中参加の恭平さんの分も含めて、全てがタダ！　ぜえ〜んぶ、向こう持ち！　おまけに、お土産と一人あたり十万円分の宿泊券までもらっちゃって……。まぁ、あれだけ振り回されたのだから、当然と言えば当然でしょうけれど。アッ！　助教授《センセイ》へのお土産はちゃんと別に買ってきたんですよ」

「ふぅん。まさしく摩訶不思議という言葉そのものだねぇ」

紫達の話を聞いた三枝亭《さえぐさとおる》はお決まりの腕組み顎摩りのポーズで、感慨深げに頷いている。

「助教授《センセイ》、この世の中に〝生まれ変わり〟なんてものが本当にあるんでしょうか」

紫が訊ねる。

「〝生まれ変わり〟については、古今東西、古典から最近のノンフィクションに至るまで、数限りないエピソードが語られているよ。まぁ、大半が〝自称〟だがね。ただ、洋の東西を問わず、そう言った〝生まれ変わり〟の思想は、ほとんど全ての宗教に存在する。東洋では『六道輪廻《りくどうりんね》』、西洋ではReincarnation《リインカーネーション》と呼ぶのだが」

「〝六道輪廻〟って、どういうことですか？」

「うん。この世は、天上界、人間界、畜生界、修羅界、餓鬼界、地獄界の六道に分かれており、生きとし生ける物（動物も含め）全ては、死して後、前世の業《カルマ》と徳の度合いにより、この六道の何《いず》れかに生まれ変わるという思想だ。例えば、『悪い事すると地獄に落ちる』なぁんてのは、その代表的なプロセスだろうね。そして、それは霊界での修行や現世に残された遺族の供養の仕方（追善供養）によっても変わってくるという。だが、生まれ変わる場合、必ずしも人間であるという保証はないし、前世での性別や国籍にも捕われない。そして、ほとんどの場合、誕生時には、過去の記憶を清算――つまり、潜在意識の底に押し沈めて生まれてくる。だから、前世の記憶というものを大抵の人間は知覚していない。しかし、それは決して消滅したのではなく、潜在意識の引き出し（ＤＮＡ）の中に眠っているだけなのだ、という仮説もある。最近、精神医学の治療の一つとして脚光を浴びている『退行催眠』なんかが、あるいは前世の謎を解く鍵になるのではないかと言われてる」

「退行催眠といいますと？」

「つまり、被験者を催眠状態において、その認識年齢を段々逆行していく方法だ。例えば、『あなたは段々、若くなっていく。十歳、七歳、五歳』というふうにね。こうしたやり方で、例えばＰＴＳＤ（Post Traumatic Stress Disorder＝心的外傷後ストレス障害）などにおける、トラウマ（心的外傷）は大抵は、思い出したくないショッキングな事実が多いため、その体験自体は、被験者自身が自発的に潜在意識の奥底に沈めてしまうのだが、その時蒙った心情（心の痛手の記憶）だけは、経験的記録として残ってしまう。そういった症状の治療には、元になった原因を解明することだが、そのためにはトラウマの要因となった事象が発生した時点まで抵抗を起こさせずに戻って、当人の心の奥底に厳重に封印された記憶を探り出す必要がある。そのための有効な手段なのだ」

「ふぅん」

「〝生まれ変わり〟を証明する有名な事例として『Bridy《ブライディ》 Murphy《マーフィー》事件』というのがある」

三枝は、一息つくと煙草を取り出し、ゆっくりと火を点けた。

「Bridy《ブライディ》 Murphy《マーフィー》事件？」

「うん。一九五六年、アメリカのモーリィ・バーンスタイン（Moley Bernstein）というコロラド州の有名な催眠術師がルース・シモンズ（Ruth Simmons）という中年婦人に退行催眠療法を施していて、ちょっとした興味から被験者が生まれる以前の時点まで遡ってみたところ、驚くべき事に被験者は自分が母親の子宮にいた頃の記憶を持っていたばかりか、更に時間を遡ると、信じられないことにある時点から全然別の人格が覚醒してきた」

「なんですって!?」

「どういうことなんですか？」

「つまり、彼女はルースという人間として生まれる前には、別の場所で別の人格としてこの世に生存していた、という驚愕の事実が浮かび上がった」

「それで……」

「つまり、彼女の前世がアイルランド人のブライディ・マーフィー（Bridy Murphy）という女性で、一七九八年にアイルランドで生まれ、一八六四年に死ぬまでの実に詳しい経歴をとうとうと語り出した。興味を覚えた精神科医は、シモンズ夫人から聞き取った事柄を元に実地調査を実施したところ、まさしく、彼女が語った通りの人物が過去に実在して、彼女が語った通りの生活をしていた事実を突き止めた」

「なるほどねぇ」

「こういった例は、枚挙に遑《いとま》が無い程、多々報告されている。要するに、人間は前世の記憶を持っていて、それが潜在意識のメモリーバンクに仕舞われている可能性がある、ということだ。ところが、そう言った前世の記憶が覚醒したまま、生まれてくる人間が少なからず存在することがわかった」

「なんですって!?」

「そうした人たちがいわゆる〝生まれ変わり〟として、脚光を浴びる事になるわけだ」

「そう言えば、シャンソン歌手としても有名な美輪明宏が、自分が〝島原の乱〟で名を馳せた、天草四《あまくさし》郎時貞《ろうときさだ》の生まれ変わりであると公言して憚《はばか》らないのは知ってましたけど…」

紫《ゆかり》が思い出したように呟いた。

「うん、他にもナポレオンも戦争で各地を遠征中、兵士にこう言っていたという。『お前達は余が誰であったか想像もできぬだろうが、余は、何を隠そうチャールズ大帝（七四二—八一四　西ローマ帝国及びビザンティン帝国の皇帝、トランプの絵札でハートのキングは彼がモデル）の生まれ変わりなのだ』と。また、状況は多少違うが、チベットの最高指導者〝ダライ・ラマ〟は代々生まれ変わると言われている」

「代々？」

「そう。チベットでは、ポタラ宮殿に住むダライ・ラマが死ぬと、次代ダライ・ラマの候補となる少年を探しに使者が国内各地に飛び、見つけてきた候補者が確かに先代ダライ・ラマの生まれ変わりである証拠の幾つかの徴《しるし》をラマ経の高僧が確認して、認められると正式に即位する。現在のダライ・ラマ十四世もそうして誕生した」

「角谷のかぐや姫のケースとよく似ているわ」

「ああ」

「その他にも、ピタゴラス、プラトン、キケロ、ミルトン、スピノザ、ゲーテ、ビクトル・ユーゴー、ホイットマン、イプセン、メーテルリンクなどの著名人も皆、再生論を支持しているんだ」

「……日本にもあるんですか？」

「うん。ものの本によると日本での再生の事例として、最も有名なものに『勝五郎《かつごろう》の転生』事件がある」

「勝五郎の転生……」

「うん。この話は、有名な国学者の平田篤胤《ひらたあつたね》が当事者及びその家族から直接取材・報告したものとして、かなり信頼度の高い記録が残っている」

三枝は、分厚い参考書のような書籍のページを捲っていたが、

「ものの本によると、この事例は、文化・文政年間というから、今から約百八十年ほど前になるが、当時、武蔵国《むさしのくに》多摩郡に起きた。文政五年（一八二二年）の十一月頃、武蔵国多摩郡小宮領中野村（現在の八王子市東中野）の百姓、小谷田《こやだ》源蔵《げんぞう》の倅、勝五郎《かつごろう》（当時八歳）が、姉のフサ（十四歳）と兄の乙次郎《おとじろう》（十三歳）と畦で遊んでいる時にふと訊ねた一言が発端だった。

勝五郎「なぁ、兄《あん》ちゃん。兄《あん》ちゃんは、生まれる前はどこの子だった？」

乙次郎「そんなこと知らん！」

勝五郎「ほんじゃ、姉ちゃんは？」

フ　サ「どこの誰の子だなんて、どうして判るのよ。おかしな事訊くねぇ」

勝五郎「ほんなら、兄ちゃん達は、本当に生まれる前の事を知らないのか？」

フ　サ「じゃあ、あんたは知ってるの？」

勝五郎「うん……おいらはよく憶えてる。おいらは、もとは程窪《ほどくぼ》村（現在の日野市程久保）の百姓、久兵衛という人の子で藤蔵《とうぞう》といってたんだ」

勝五郎はその時まで、前世の記憶というものは誰もが当然に持っているものだと思っていたので、普通の人間には前世の記憶などないことに非常に驚き、この事は秘密にしてくれるように、姉達に頼み込んだ。しかし、やがて、それは家族の知れるところとなり、勝五郎は仕方なく自分が憶えている前世の記憶を告白し、しきりに程窪村へ連れて行ってくれるようせがんだ。更に当時八歳の勝五郎が到底知りえない頃の事実をとうとうと話すので、家族も放って置けなくなり、実地調査に乗り出したところ、確かに勝五郎の住んでいた中野村から一里（約四キロ）ほど離れた程窪村に百姓小宮藤五郎（若名は久兵衛）の息子で文化二年（一八〇五年）に生まれ、文化七年（一八一〇年）に五歳で疱瘡で死んだ藤蔵という子が実在し、その墓も残っており、過去帳も存在している事実を突き止めた。勝五郎はその後、文化十年（一八一三年）の生まれだから、藤蔵が生きていた当時の状況など知るはずが無く、客観的に〃生まれ変わり〃が証明された形となったのだ。時代は下り、昭和四十一年（一九六六年）になって、（財）日本心霊科学協会で総合的な実地調査を実施し、登場人物、生家や墓の所在地、過去帳等を精査した結果、記録は全て史実に基づいていると実証した。勿論、二人の子孫である小谷田家、小宮家とも現在も当地に在家している……とある」

恭平と紫《ゆかり》は、互いに顔を見合わせた。三枝は更に続ける。

「これと似た転生の話は、小泉八雲《ラフカディオ・ハーン》の『KWAIDAN（怪談）』の中にも『力《リキ》ばか』や『蠅《ハエ》の話』というエピソードが紹介されている。まぁ、他にも昭和の世に入ってからも『堀ノ内の松チャン乞食の再生』など、その方面では夙《つと》に有名な事例もあり、傍証としては引きも切らない程豊富に存在する」

「はぁ……」

「結局、私達が『竹取物語』の登場人物の生まれ変わりであるっていうことは、事実だったってことかしら……」

「ふぅん。そいつは、まだ何とも言えんがねェ。なにしろ、その『角谷版竹取物語』が客観的史実であるという証明ができないからねぇ。」

「証明？　例えば、確かにかぐや姫本人のものと確認できる遺品、遺骨なり、乗ってきたといわれる〃なよ竹ロケット〃の残骸でも見付かるとかいうことですか？」

「そうだね」

「でも、私達は奇しくも千年前の伝説の通りの役回りで無意識の内に伝説に沿った行動をしています。これは、前世の記憶が潜在意識の中に残っていて、部分的に覚醒したのでは？」

「精神医学上から言うと、いわゆる〝集団催眠〟とか〝集合暗示〟とかいう状態じゃなかったのかな。君達は現地に行く前に楠見君から、伝説について解説《レクチャー》を受けていて、ある程度の予備知識は持っていただろうし、地元の人間は当然、伝説を熟知しているはずだからねぇ。かぐや姫復活の神事という異常な環境の中で、当事者全員が一種の集団催眠状態に陥って、そのイメージの共通部分の範囲内において発現《はつげん》した事象とも考えられる」

「そんなことがあるのですか？」

「ああ…例えば、『御蔭参り』なんてのもその効果を利用したものだし、群衆の中で、誰かが『空中に十字架が見える。キリストが見える！』なんて言ったりすると、かなりの数の人間が、自分も見た！　と、言い出すものなのだ。群集心理というヤツでね。そういった意味においては、この『角谷版竹取物語』は、まさに新説——いや、〝椿説《ちんせつ》〟というべきかな」

「やっぱり、『真夏の夜の夢』だったんですかねぇ」

「まぁ、そうガッカリすることもないさ。ソロモンの『伝道の書』にはこういうことも書いてあるそうだ。『先に有りしものは、また後にも有るべし。先に成りし事はまた後に成るべし。日の下には、新しきもの有らざるなり。見よ！　これは、世に新しきものなりとさしていうべきもの有りや。それは、我らの前に在りし世に、既に久しく有たるものなり』と。君達は、自分達が体験した事こそ真実なのだと信じていれば、それでいいじゃないか」

「はぁ」

恭平と紫《ゆかり》は互いに顔を見交わした。

「まぁ、それはそれとしてだ。ところで西澤君」

三枝が咳払いをすると、困ったように切り出した。

「土産まで貰っといて、こんなこと言うのは気が引けるんだが……、その助手の奥村君からも報告があったが、君、最近ゼミをちょくちょくサボってるそうじゃないか。楠見君と薔薇色の日々を謳歌《エンジョイ》するのも結構だが、このままじゃ出席日数不足で単位はやれないなぁ」

恭平が驚いたように、紫を凝視した。紫の表情が明らかに硬直しているのがハッキリと見て取れる。

「シィー！　助教授《センセイ》！　な、なにも、今ここでそんなことを……」

唐突にサボりをバラされて焦り捲っている紫に恭平が詰め寄った。

「ゆ～か～りぃ～！　お～ま～え～な～！」

恭平がアキレとも怒りともとれる複雑な表情で紫に迫ってくる。

「き、恭平さん。じ、事情は後で話す。だから落ち着いて！　怒らないでネ、ネ！」

「な、なんだ！　楠見君。君、知らなかったのか？」

状況が掴みきれないでどぎまぎする三枝に紫が困ったように地団駄を踏んだ。

「あ～ん。せんせいったら～もう～！」

ガックリと腰を下ろして大きな溜息をついている紫を見ながら、三枝が申し訳なさそうに呟いた。

「ス、スマン…なんか…マズいこと言っちゃったみたい？　僕……」

紫《ゆかり》の顔を横目でチラチラと窺いながら、困りきった表情で顎を摩り摩り、暫く考え込んでいた三枝は、漸く意を決したように口を開いた。

「仕方ないナ。それじゃ、こうしよう。今度の事件の顛末と君の考察をレポートで提出すること！　それで出席日数不足の件は、不問ということにしてやるから。ナ、そうしよう。そうそう楠見君、医学部学生としての見地から、君の意見も聞いておきたい。と、いうことで君も手伝って、参考意見を載せといてくれよ」

「ええ!?　僕もですかぁ？　だって、僕はこの女子大《ガッコ》の学生じゃないし……」

「オイオイ、ヤボなこたぁ言いっこなし！　大切な恋人が留年するかどうかの瀬戸際じゃないか！　だったら、勇を鼓して、手助けしてやるのが男気ってもんじゃないのかね？　それに、西澤君と一緒って事は、君も当然、〝お楽しみ〟だったんだろうから、言わば、共同正犯みたいなもんだろう。だから、ここはひとつ、二人仲良く……な」

今度は恭平がガックリとうなだれ、溜息をついた。

「また共犯容疑ですかぁ？　今回は、徹頭徹尾〝影のお手伝い〟役だな、僕は」

紫は何故か安心したように目を閉じ、恭平の腕に縋り付いている。

校門までのイチョウ並木、アブラゼミが忙《せわ》しく鳴いている。恭平と紫は、強烈な夏の木漏れ日を避けながら並んで歩いていた。

「フフフッ」

紫《ゆかり》が笑みを洩らす。

「何、思い出し笑いなんかしてるんだ?」

「助教授《センセイ》、だいぶ恐縮してましたね。あれから、なんとか私と恭平さんを仲直りさせようと必死だったもの」

「そりゃそうだろう。僕は怒りまくってるし、紫は半ベソかいて落ち込んでる。大方、紫が僕に隠れて、二股掛けてたのがバレたとでも勘ぐったんじゃないか?」

「ひどぉい! 二股掛けただなんて! 適当に話を作らないでくださいよ! でも、もしかしたらホントにそんなふうに思ったのかナ」

「きっと、自分がうっかり喋ったせいで、二人の仲が気まずくなって別れたりしたらヤバイと一人合点しちまったんだろうな」

「ええ」

「好い先生じゃないか」

頷く紫の口元に薄らと笑みが零《こぼ》れる。

「暫く、そういう事にしておこうかしら」

「なんで?」

「〝弱み〟握っておいた方が進級選考の時、有利かなと思って……」

恭平が思わず噴き出す。

「其方《そち》もなかなかの〝悪党《ワル》〟よのう」

「へへッ、お代官様、そこはそれ、〝生活の知恵〟というやつでございまして……」

「ハハハハッ！」

「フフフッ」

恭平の爆笑の様子に、つられて紫《ゆかり》も笑い出してしまった。

「なぁ、紫……」

「えっ？　なに？」

「そろそろ説明してもらおうか。どういうことなんだ、いったい？」

「どういう……って、な、何の事？」

「とぼける気か！」

「あ、ああ、さ、さっきの三枝助教授《センセイ》の話？」

「そうだ！」

「別に……た、たいしたことじゃ……」

「コイツめ！」

振り向いた紫の頭《オツム》を恭平が拳でコツンと軽く小突いた！

「キャン！」

紫がいかにも大袈裟に頭を抱えながら、恭平を見上げた。

「痛ッタァ！　なにも殴《ぶ》たなくたって……」

「やっぱりあの時、嘘ついてたんじゃないか！　なにが『今日は休講なの！』だ！　僕を騙したお仕置き！」

「ゴメンナサイ…だってぇ、どうしても…恭平さんと一緒にいたかったの」

甘えるような紫《ゆかり》の口調にワザときつい表情を作っていた恭平の口元に笑みが零れかけた。

「隠し遂《おお》せるとでも思ったのか？」

「ほ、本当は、気が咎めて、お仕置き覚悟で、後で打ち明けようと思ってた。でもまさか、あそこで助《セン》教《セ》授《イ》が先に喋っちゃうなんて予想してなかったけど」

「だから言ったろう？　絶対バレるって」

「う、うん、わかった」

しおらしく頂垂れている紫の姿を見て、恭平がニヤニヤしながら切り出した。

「さぁてと、それじゃあ、紫チャン」

「えっ？」

「よ～く解って貰えたところで、約束を果してもらおうか……」

「えーっ!?　ちょっと待って！　いまの〝ゴツン〟で禊《みそぎ》……じゃないの？」

「何言ってンのサ！　ありゃあ、完璧に約束違反だ。どう考えても情状酌量の余地はないだろ？」

「でも……」

「〝オシリ百叩き〟くらいじゃ済まないと思わないか？」

「だって……」

「だって……じゃないの！　確か僕の言う事、なんでも聞くんだったよなぁ。さぁてと、何をしてもらおうか……」

「恭平さん……」

縋るように見上げる紫《ゆかり》の表情に絆《ほだ》されたのか、恭平は仕方なさそうに溜息をついた。

「反省してるか？」

「悪いと思ってる」

「当然だ」

「で、でも、M温泉での騒動のあとの宴会、楽しかったでしょ？　恭平さんたら、すっかりお殿様気分で、私達六人の現役美人女子大生が腰元みたいにつきっきりでお酌とか……お傍《そば》に侍《はべ》って、サービスしてあげたし、露天風呂だって、貸切りで、私達七人だけでちゃんと混浴もしたし、全部ご希望通りにしたでしょ？」

「ああ、そうそう、希望通りでしたよ。皆で思いっきりよく、水着着てナ。ところで、なんで皆、温泉に水着なんか持って来てたわけ？」

「い、いいじゃないですか。そんな細かい事は……。恭平さんだって、けっこう嬉しかったでしょ！　ハーレム気分で……」

恭平が紫を見ながら深々と溜息をついている。

「ネ！　その上、旅行券までもらっちゃったし。すっごい、得しちゃったじゃないですか！　また、行きましょう。こ、今度は二人でネ！　ネ！」

「なに？　まさか、あれでチャラ…ってンじゃないだろうナ？　今回、僕が君のためにどれだけ駆けずり回ったと……」

「わかってる。恭平さんには、散々面倒かけちゃった。試験の準備で忙しいのに旅行の幹事も手伝ってもらったし、クーポン券も届けてもらったし、誘拐事件に巻き込んじゃって、お蔭で事件は解決したけれど、怪我もさせちゃったし……」

「おまけに紫《ゆかり》のサボタージュの片棒担いだってことにされて、進級レポートの手伝いときた」

「ね？　言ったでしょ？　冤罪って辛《しんど》いって」

「開き直ってないで、少しは反省しろよ」

「ごめんなさい」

しおらしく俯いている紫を見て多少かわいそうに思ったのか、恭平は彼女の髪を優しく撫ぜた。

「フッ、しょうのないヤツだ！　今回だけは大目に見てやる。その代わり、今度騙したら、本当にお仕置きだからな。そのときは……」

「そのときは？」

「ホントにオシリ、ペンペンじゃ済まないゾ！」

「ど、どうするの？」

「そのときは、もう、ホントに……」

「ほ、ほんとに？　（ま、まさか今度こそはパンツ脱がしてなんてこと……）」

紫が思わずゴクリと生唾を飲んだ。

「もう、いい……」

「え？」

「なんかもう疲れた」

「言えば言うだけ、ドツボに填《は》まりそうな気がする…」

紫《ゆかり》がホッと溜息をついた。

「でもまぁ、とにかく良かったよ。皆が無事で」

「ウン」

「特に紫がネ」

紫が嬉しそうに恭平に寄り添う。

「私……」

「ン？」

「今でも信じられない。今度の事件」

「そうだな、僕だって同じサ」

「結局、どうなっちゃうのかしら、かぐや…ううん、百合は……」

「あのままでは、百合ちゃん、下手すると行方不明になったことにされて、世間から隠され、〝第○○代かぐや姫〟として、一生あそこで暮らすことにもなりかねなかった。石で頭を打った衝撃で、覚醒していた〝かぐや〟の意識は取り敢えず百合ちゃんの潜在意識の底へ潜っちゃったけど……この先、二度とかぐやの意識が目覚めないとは言い切れないし、あとは百合ちゃんが〝平成のかぐや姫〟としての人生を歩むかどうかは、あくまで彼女の考え方次第だけど……まぁ、空席のままだね……当分は」

「善かったんですよね。あれで」

「当然さ！　彼女自身が望んでいたのならともかく、あんなやり方は現代社会ではやはり許されるべきことじゃない」

「でも、かぐや姫として、神様みたいに大事にされて……。それもある意味、魅力的だけど……」

「しかし、それが、果たして彼女本来の〝人生〟と引き換えにするほどの価値を見出せるかどうかは、恐らく彼女自身にもそう簡単に判断はできないだろう」

「そうね……」

「たとえ、最終的に彼女がどちらの道を選んだとしても、それなりに悔いはないだろうさ」

「輪廻か……本当にあるのかしら……」

「僕らは、自由に生きているつもりで、ちゃんと歴史の歯車に勝手に組み込まれ、その企て通りに否応無く衝き動かされているんだ。本来、誰も逃れることはできないのかもナ」

「宿命みたいなものを感じますねぇ」

「うん。イギリスのH・R・ハガードという人の書いた小説に『洞窟の女王』という、やはり〝輪廻転生〟を扱った作品があるんだけど、そのテーマも確かこんな内容だった……」

「どんなですか？」

「『相思相愛の男女は、何百年かすると、再びこの地上に生まれ変わってきて、また、同じような人生を辿っていくものだ』ってね」

紫《ゆかり》が恭平を見つめる。

「私と、恭平さんも？」

「ああ、たぶんネ」

「ねぇ、恭平さん」

「ン？」

「ひとつ、不思議なんですけれど……」

「なんで、私の中の〝車持皇子《くらもちのみこ》〟の意識は覚醒しなかったのかしら」

「それはつまり、こうじゃないかな」

恭平が紫を見ながらニンマリと笑みを洩らした。

「紫は僕と百合ちゃんの抱擁を目の当たりにして、パニック状態、まぁ言ってみれば、一種の嫉妬心のような激しい感情が逆巻く洪水のように紫の心を占拠した。従って、車持皇子の意識が表面に浮かび出る余地が無かった」

「それって、要するに、私が凄《すっご》い〝ヤキモチ〟妬《や》いたからってこと？」

「まぁ、そんなところだ」

「私、そんなに独占欲、強いかしら」

「う〜ん、かなりなもんじゃないのか？」

唇を尖らして、ブツブツ呟いている紫を見る恭平の表情には穏やかな笑みが溢れている。

「なんせ、あたり構わず、大鉈《オオナタ》ブン回して暴れ捲ってたし…あの大立ち回り見たら、さしもの車持皇子もビビッて、そりゃ二の足を踏むわナ…」

「何て言われよう（それも、これも、みんな恭平さんを取り戻したい一心だったのに……）」

紫《ゆかり》が気落ちしたように呟く。

「だって、恋の抜け駆けしたんだろ？　皆を騙くらかして」

恭平が可笑しそうに笑った。

「だ、だから、あれは……」

「でも、そのお蔭で僕は、千年前のように再び車持皇子《くらもちのみこ》に殺されずに済んだ」

恭平が微笑みながら、紫の肩を抱いた。


「百合、綺麗だったですよね」

「ああ……」

「まるで、絵本に出て来る本物のかぐや姫みたいでしたよね」

「そうだネ」

「どう思いました？」

「なにが」

「ホラ！　百合が恭平さんに抱きついた時！」

「ああ、あの時のこと」

「少しは気持ちがグラついた？」

「なんで？」

「だって！　私の目の前で、思いっきり抱き合ったりして……それに接吻《くちづけ》まで……」

「気になる？」

「べ、別に……。ただ、どう思ったのかナァって」

「少しはネ」

紫《ゆかり》がガッカリしたように呟く。

「そりゃ、そうよネ。やっぱり、百合に——いえ、かぐや姫にあれだけ、慕われたら……」

「フフフッ、そう、落ち込むなよ」

「……？」

恭平は、微笑みながら校舎の彼方の青空を見つめて、ひとり言のように呟いた。

「あの時、千年越しの愛を確かめ合ったのは、かぐやと三郎介だ。僕と百合チャンじゃない。たとえ彼女が本物のかぐや姫だったとしても僕は三郎介にはなりきれないよ……だろ？」

紫が何となく納得したように頷く。

「最後にもう一つ質問！　何であの露天風呂が混浴だって、最初に教えといてくれなかったんですか？」

「いや、そりゃ、その……いつか、紫と来れたらナ……なんてね」

「ふぅん……解った！　私に警戒されないために、それで、あんなに細かく調べてあったのね。なるほど、そういう魂胆だったのか……」

「ハハッ、バレバレ？」

「当たり前ですよ。下心丸出しじゃないですか！　お蔭で私、危うく皆から恭平さんの悪企みの片棒担いだって、〝吊るし上げ〟に遭うところだったんですからね。完全なる冤罪ですよ！　もう、男の人って皆、どうしてこう揃いも揃って……」

「だって、あの時説明しようとしたら、紫《ゆかり》が無理やり遮って……それに、いまどきは女性だって結構大胆だから、混浴ぐらいじゃ、たいして……」

「いくら何でも、ああいう事は心の準備ってものがあるんです！　ちゃんと言っといてくださいよ。もう！」

「でも、スリル満点！　〝ドキドキのきわどさ〟ってのが、それはそれでまた、刺激的だったりして」

「ったく、もう、なにを考えてるんだか！」

紫が思わず、肩を竦める。

「煌々と冴える蒼い月光を浴びて、露天風呂に一糸纏わぬ紫の裸身が湯煙りのヴェールに包まれてなんてナ、イイんじゃないの？　芸術的で……」

「恭平さん!!」

「ハ、ハイ……」

紫が口元に不敵な笑みを浮かべて、たじろぐ恭平に迫った。

「そんなに私のハダカ、見たい？」

「そりゃ、マァ、できれば……」

「イイんですよ。お見せしても」

「ホント!?」

「但し、条件があるの」

「条件？」

「私を恭平さんの恋人って、ちゃんと認めて、皆に宣言すること！」

「宣言って」

「あっ、イヤならいいんです」

「あの……」

「いえ、もうイイんです。無理する事ありませんよ。そりゃそうよね。結婚もしないうちから、一人の女に縛られるなんて、イヤに決まってますよね…」

「ち、ちょっと！　別に、そんなこと…」

「ハァ…それにしても残念だわァ。せっかく本邦初公開、今まで親にも見せたことの無い、西澤《にしざわ》紫《ゆかり》の大胆、本生全裸《ほんなまオールヌード》だったのに。恭平さんのご希望《リクエスト》なら…初めてだから、ちょっと恥ずかしいけど、思い切って…って思ってたんだけど…恭平さんたら、こんなまたとない絶好のチャンスをいともアッサリと棒に振っちゃうンですよね。恭平さんが優柔不断でなかなか煮え切らないもんだから、段々、二人の気持ちが噛み合わなくなってきて、やがて、破局！　鯔《とど》の詰りは、いつか、たいして好きでもない、飢えたオオカミみたいな、つまらない男に泣きながら汚《けが》されて、頭からガリガリ食べられちゃう運命なんだわ…あ～あ…何処まで行っても、カワイソーな私…」

　小悪魔っぽい表情で、独り言めかして恭平を流し見る紫に、恭平が、たじろぎながら、

「お、おい…無茶言うなよ…アカズキンちゃんか、君は！」

「じゃ、認めてくれます？」

「認める、認めるよ」

「きっとネ。約束ですよ。千年前は恋敵《ライバル》だったかも知れないけれど、現世ではれっきとした恋人どうしなんですからネ」

「う、うん」

「たとえ、また千年後に生まれ変わったとしても？」

「ああ、約束する」

「ヤァッタァ！　ウッキャッキャ！」

「敵わないよ。紫《ゆかり》には……」

「マイッタか！」

「ああ、参りました！」

恭平が紫に向かって丁寧に一礼する。

「あっ、そうだ。それはそうと…」

突然、思い出したように紫が訊ねた。

「…ン？」

「恭平さんって、巨乳…好き？」

「なんだぁ？　いきなり…」

「う…ううん。いいの。な、なんでもない！　…で、でもどっち？」

「そりゃ、男にしてみれば…」

「やっぱり…ね」

「どうして？」

「イイの。もう…」

「何かあったのか？」

「イイったらイイの！」

口を尖らして憮然としている紫《ゆかり》に恭平は、訳がわからず首を傾げた。

「あっ！　それって、若しかして、紫のむ…」

紫の手が、恭平の口を塞いだ。

「ストォ～ップ！　それ以上、一言でも言ったら、ブッ飛ばぁ～す！」

「プッ！」

恭平が思わず噴き出した。そんな恭平を見ながら、紫の口元にも笑みがこぼれる。

「あのさぁ…」

「え？」

「それじゃ、お返しと言っちゃなんだけど、僕も紫に質問があるんだけどナ」

「なんですか？」

「ホントは、ワザとだったんだろう？　アレ」

「……？」

「クーポン券、忘れて行ったの。僕を角谷《あそこ》へ呼び寄せる口実に……」

紫《ゆかり》が頭を掻き掻き、照れ笑いをしながら頷く。

「テヘヘヘヘ。分っちゃいました？」

「この、策士め！」

「だってぇ！　あの時はアレコレ考えてる時間も無かったし、恭平さんにM温泉まで来てもらえるような必然的な理由なんて、あんなことくらいしか、考え付かなかったんです」

恭平は、やれやれというように溜息をついた。

「それにしても、大胆…てか、思い切ったことするよなァ。でも、もし僕が行かなかったら、どうするつもりだったんだ？　例えば、電話で説明して、後でクーポン券を宅配便かなにかで送るとかするとは思わなかったのか？」

「ううん。カワユイ私の大ピンチですもの。恭平さんなら、絶対来てくれるって信じてた」

「僕なら、必ずそうするだろうと？」

「そ！　恭平さんの性格なら……」

「最初から確信してたのか？　すると、ワザワザあの時間を選んで電話寄越したのも、みんなが僕を引き止めるだろうことも、全部見越して？」

「みんなも言ってたでしょ？　あんな時間に来てもらっちゃったんですもの、さすがに『帰れ！』なんて酷なこと、言えないですよ。普通……」

「フフフッ。なるほど、皆の行動パターンや反応も、すべては予想通りって訳か。お得意の〝行動心理学〟でこの前の仕返《リベンジ》しした な？」

紫《ゆかり》が軽く頷いた。

「だってみんなには、ああ言ったけど、ホントは、私が一番恭平さんと行きたかったんだし……」

「また、一杯食わされちまったナァ」

「怒った？」

紫が不安そうに聞き返す。

「ふぅ、三枝助教授《センセイ》が手放したがらないハズだ」

「フフフッ、何と言われようが、恭平さんと一緒にいられるなら、私はシアワセ！」

「悪い娘《こ》め」

「まさか、お仕置きなんて……言ったりしないですよね」

「そうさナ、それは今後の紫次第……」

「勘弁して！　今度こそ、イイ子にしてるから……」

恭平も仕方なさそうな笑みを浮かべている。

紫が念を押すように、

「ネ！　それと、お願いですから、このこと明美達には内緒に……」

「ほんじゃ…」

恭平が大義そうに、

「共犯として、少し分け前…もらおうかな…」

「分け前…って」

「口止め料さ」

「く、口止め？」

恭平が、いかにもじれったそうに、

「つまり、皆に喋られたくなかったら、僕の口を塞いどけ！って言ってンの」

「あの…」

「方法は、任せる」

「エッ？…アッ！」

振り向いた紫《ゆかり》の唇に、恭平がソッと唇を重ねた。

化　粧

「さあ、終わりっと。できたできた。ふう、肩が凝っちゃった」

大学の三枝《さえぐさ》ゼミの研究室で先ほどからファイルの整理を手伝っていた紫《ゆかり》はググゥーッと大きく伸びをした。

「助教授《センセイ》、ファイルの整理、終わりました」

「ああ、ご苦労さん。済まなかったなぁ。西澤君にまで手伝わしちゃって」

担当助教授の三枝亨《さえぐさとおる》は紫を労《ねぎら》うように微笑んだ。

「いいえ、かまいません。この前の課題について、質問に伺ったついでの事だし、それに……どうせ、ヒマですから」

三枝がふと首を傾げた。

「そう言えば最近、楠見君の姿を見かけないが、元気なのか？　たまには研究室《ここ》にも顔を出すように言っといてくれよ。ところで彼とは相変わらずラブラブなのかい？　青春だねぇ。毎日が楽しくて仕方が無いんだろうなァ」

紫がビクッとして顔を上げた。

「あ、はい……今度……言っておきます」

そう言ったきり、紫は再び俯いたままジッと身動ぎしなかった。

「もう、助教授《センセイ》ったら心理学教室担当のクセに本当に〝心遣い《デリカシー》〟が無いんだから！　女の子にそういう事、訊くもんじゃありませんよ。そんなことばかり言ってると、いつかセクハラで訴えられますよ。最近の女子大生はコワイんですから。ねぇ、紫《ゆかり》ちゃん」

一緒にファイルの整理をしていたこの研究室の卒業生で今は助手をしている奥村朋美《おくむらともみ》は、わざと冗談めかして微笑んでみせたが、紫の表情から何やらただならぬ気配を感じ取っていた。

紫も微かに笑みを洩らしたが、その口元は明らかに強張っている。

「お、おいおい、僕は何も……」

「いえ、イイんです。あんなヤツ」

「あんなヤツ……って、どうした、ケンカでもしたのか？」

「いえ、ちょっと……」

三枝が訊ねると紫は慌てて口籠った。

「大丈夫なの？」

朋美も流石《さすが》に心配になったらしく、真顔で訊ねると、紫は相変わらず無言のままコックリと肯く。

沈痛な空気が流れた。

暫く経って、紫はニッコリ微笑むと、いつもの明るい声で、

「ええ、ほんの些細なことなんです。大した事じゃありません」

だが、三枝はその不自然な笑顔から、却って事態がかなり深刻であるらしいことを感じ取ったが、こ

れ以上紫に精神的重圧をかけるのは得策ではないと思い、とりあえずその場を収めるために肯いた。

「なら、イイけど」

「……」

「まぁ、夫婦喧嘩は犬も喰わないってこともあるし、いくら相思相愛だって、たまにはケンカの一つもしないとナ」

紫《ゆかり》の表情から一瞬、笑みが消えた。

「助教授《センセイ》！」

朋美が目配せしながら制した。

なんとか場を和まそうとしてたたいた軽口《かるぐち》が却ってズバリ核心を突いてしまったらしい、と感じた三枝はバツが悪そうに黙り込んだ。

「はぁ〜」

溜息混じりに紫が独り言めかして呟いた。

「もうイッソのこと、別れちゃおう……っかなぁ――」

「おいおい、いったいどうしたってんだ、いつもの君らしくないゾ！」

「……」

「それにしても、こりゃ穏やかじゃないねぇ。いったいどうしたんだ、あれほど仲が良かったのに」

紫の頰《ほお》を涙が一滴《ひとしずく》伝い落ちた。紫は素早く袖口で拭うと体裁を繕った。

「もうイイんです！　私、決めましたから！」

三枝と奥村は互いに顔を見合わせた。

こういう場合、周囲の立ち入るべき問題ではないのかも知れないが、三枝心理学ゼミでも一、二を争う優秀な受講生で、将来、最も有望な研究室の助手候補でもある紫《ゆかり》のあからさまな落胆ぶりを見て、さすがにこのまま放って置く訳にもいかないと思ったのである。

「ま、ま、そんなこと言わずに、とにかく冷静になって」

明美も心配げに三枝をフォローした。

「そうよ。いくら何でも、そんなこと軽々《けいけい》に口にするべきじゃないわ。もっとよく話し合って」

「……」

相変わらず下を向いたまま、無言で立ち続ける紫に三枝は溜息をついた。

「と、とにかく、ずっとファイルの整理で疲れたろ？　コーヒーでも飲んで一息入れてきたまえ。いや、もう昼だ。二人して食事でもしてくるといい。ご苦労さん賃で僕がご馳走するからさ」

三枝は奥村朋美に何やら、ソッと耳打ちをした。

「さぁ、紫ちゃん、何にする？　どうせ助教授《センセイ》の奢りなんだから豪勢にやっちゃおう」

大学近くにある行きつけのイタリアンレストランのメニューを眺めながら、朋美が下を向いたまま黙り込んでいる紫にメニューを押し付けた。

「でも、私はほんの少しお手伝いしただけで」

「イイって！　イイって！　気にしなくても大丈夫。何せ四十一歳《あのとし》で独身《ひとりみ》。特別にこれといった趣味も持っていないし、お金だって別段使い道がないもんだから、老後のために今のうちからしこたま貯め込んでるって専《もっぱ》らの噂なんだから。さぁ、私はっと……」

「三枝助教授《センセイ》のこと、良くご存知なんですね。まるで奥さんみたい……」

紫《ゆかり》が興味有り気に朋美を見た。

「テヘヘッ、ゴメン。助教授の助手兼秘書みたいなことを二年もやってると、自然、普段の行動まで目が行っちゃうのよねぇ。ほら、助教授って頭脳《あたま》はノーベル賞級だけど、なんとなくズボラ……っていうか、なんかこう……意外と生活感に乏しい感じするでしょ？」

「生活感？」

「そう、ひとりでは味噌汁も満足に作れない。一昔前の典型的な〝学者バカ〟タイプ。今時珍しいわよね。…ったく！」

「そうなんですか？」

「うん、例えば、学校が休みの日とかに仕事の都合で助教授の自宅に伺うとするでしょ？　もう大変！服は脱いだら脱ぎっぱなし、灰皿は吸殻がピラミッドよろしく堆《うずたか》く積もってるし、台所《キッチン》ときたら食器とか洗い物の山！　まさに崩壊寸前。家じゅう、グジャラ満開！　お祭り騒ぎってヤツ？」

「そんなに？」

紫が驚いたように目を見張った。

「そりゃもう、凄いのなんのって。仕方がないから論文原稿の清書なんかそっちのけで家中の掃除やら洗濯やらするじゃない。で、結局その日はそれだけで日が暮れちゃうの」

「そうなんですか」

「…ったく、なんのために行ったんだか…。『男鰥になんとか――』とは良く言ったもんよ。私のこと、家政婦《ホームヘルパー》か何かと勘違いしてるんじゃないかしらね」

　朋美の臨場感溢れる情景描写に紫《ゆかり》も思わず吹き出しそうになった。

「でも、時々ね、私に向かって母親におねだりする子供みたいな、可愛らしい……ってのも変だけど、そんな表情するの。なんか世話焼きたくなっちゃうのよね。いわゆる母性本能をくすぐられるってヤツかな」

　何やら夢想を楽しむかのような顔つきで笑みを浮かべながら喋っていた朋美は、紫がジッと自分を見つめているのに気づいた。

「先輩、何だか楽しそう」

「フフフッ…別に〝楽しい〟って訳じゃないけど。でもまぁ、これも人生なのかしらネェ」

　朋美が照れて笑った。

「先輩」

「ン？」

「さっきはすみませんでした。みっともないところを」

「思い切って他人《ひと》に話してみるだけでも案外、気持ちがスッキリとするものよ」

「ありがとう。先輩だけです。そう言ってくれるの」

「とにかく一時の感情に押し流されて軽率に行動しちゃダメ！　差し支え無かったら話してみて。もしかしたら助力《チカラ》になってあげられるかも」

「いえ、ホントに大した事じゃないんです。奥村先輩。他人《ひと》が聞いたら笑っちゃいますよ、きっと。ただ、ちょっと……」


暫くして一人で研究室に戻ってきた奥村朋美を待ちかねていたようにヤキモキしながら三枝が訊ねた。

「帰ったのか？」

「ええ、取り敢えず、帰しました」

「で、どうだった？」

「ええ、普段、仲のいい恋人どうしには有りがちなトラブルですよ」

「ふぅん」

朋美が聞き出したところによると、紫《ゆかり》と恭平がデート中に些細な問題で諍《いさか》いを始めた。

いつもなら、大抵は恭平が謝って一件落着…の筈が、今回に限って話がどんどんエスカレートして、ついに二人は喧嘩別れ。この三、四日、口も利いていないし、お互い連絡もとっていないのだ、とのことだった。

「で？」

三枝は更に訊ねた。

「その〝些細な問題〟ってのは？」

「それが……」

「なんだね」

「美人の基準について」

「プッ！」

三枝がいきなり噴き出した。

「そんなことかぁ」

「〝そんなことかぁ…〟は無いんじゃありませんか？　切実な問題ですよ、女性にとっては！」

奥村朋美が少々気色ばんで答えた。

「助教授《センセイ》も女子大で教鞭をとられる以上、もう少しご自分の言動には注意して頂かないと。女性の気持ちを逆撫でするような迂闊な事を口走ると、学生達の信頼を損ないますよ。なにしろ相手はいくら心理学専攻とはいえ、れっきとした〝年頃の女の子達〟なんですからね」

「す、すまん。そういうつもりじゃ。しかし、美人かどうかの基準なんてものは時代的、地域的あるいは気候風土的特異性の影響によっても大きく変化するが、最終的にはひたすら相手の主観的判断基準が優先されるもので、一般論でどうのこうの言ったところで大した意味は持たんだろうに」

「恋人同士がお互いを評しあってるうちはそれでよかったんでしょうけれど、その時はどうした訳か、紫《ゆかり》ちゃんの彼氏…楠見君って言いましたっけ、彼はいったいどんな価値基準で、紫ちゃんを見ているのかとか、現代の標準的美人と彼女を比べてみたらとか、話がどんどん変なほうへエスカレートしてしまったそうなんです」

「ふぅん」

「そして、お互い相手を納得させられないまま膠着状態、ついに話し合いは決裂——」

「へえ——、まるでどこぞの国の『国交正常化交渉』みたいだな」

「茶化さないでくださいよ！」

三枝は腕組みをしたまま左手で顎を摩《さす》るいつものポーズで、朋美の話に聞き入っている。

「で、どうした訳か途中で彼女が激昂しちゃって。普段は穏和な彼もその時は彼女の異様に激しい口撃《こうげき》に流石に閉口したと見えて、珍しく席を立ってしまったようで…彼女も自分が言い過ぎたということは重々反省しているものの、なんとなく謝りそびれたまま……」

「なるほどね。しかし、それだったら話は早い。西澤君が楠見君に土下座でもなんでもして必死に許しを請えばイイんだ」

「そうは行きませんよ」

「なんで？」

「そりゃ、お互いに自尊心《プライド》だって有るだろうし、第一、女性に土下座させる男なんていませんよ。普通」

「だけど西澤君としちゃ、自分にも非があると思ってるんだし、一刻も早く仲直りしたいと思ってるんだろ？」

「そりゃそうでしょうね。でなきゃ、あそこまで落ち込んだりしませんからね」

「だったらサァ」

「理由はどうあれ、たとえ女性側に非があったとしても、女に土下座させるようなそういう男は、女の目にはたいへんな暴君に映ります。その場はそれで済んでも、その後彼女はずっとその時の〝ある種、恐怖にも似た感情〟を引き摺って、反感を覚えつつも怯え続けますよ」

「そうかなぁ…」

「そうですよ」

　三枝はチッと舌打ちして、

「楠見も楠見だ。いつまでもイジイジと拗《す》ねてないで、トットと謝っちまえばイイんだ！　もう少し度《フト》量《コロ》の広い男《やつ》だと思ったんだがナァ」

「よほど腹に据えかねてるんですかねぇ。もっとも、あの娘《こ》も時たま大暴走するから」

「まぁ、土下座は言い過ぎにしても、『ゴメンナサ〜イ、イイスギチャッタァ』とかなんとか一言かわいく謝ればそれで充分じゃないか。楠見《ヤツ》は多分、簡単に許してくれると思うがなぁ。お互いのメンツもたいして潰れまいに」

「そうですけど、なにか良いキッカケがあれば、スムーズに運ぶんでしょうけれど……」

「僕が彼女の立場なら、諍いの決着は二の次。取り敢えずサッサと謝っちまうがな」

「それは助教授《センセイ》が男性だからです。少なくとも一般的な女性の発想ではありませんよ」

（はぁ……これで、本当に十六人ものゼミの女子学生を指導していけるのかしら……）

　朋美は溜息をついた。

「なるほどねぇ。つまり、お互い謝るキッカケが掴めないってんなら、要するにこっちがチャンスを作ってやればイイ…ってことか」

「まぁ、それが解決への早道だとは思いますけど…」

「けど？」

「ハッキリ言って、そんなこと〝大きなお世話〟ですよ。あくまで当事者間の問題ですからね。助教授《センセイ》も仰ったでしょう。『夫婦喧嘩は犬も喰わない』って」

「でもなぁ」

「じっくり見守ってやることが、この際大切なのでは？」

「そうか。しかし、西澤君と楠見君、二人とも良く知ってるし、彼らの気持ちも解る」

「何とかしてやりたい？」

「うん、元々は、ほんの些細な感情のスレ違いらしいし、ただ、双方とも詰らない意地を張ったに過ぎない。本心では一刻も早く仲直りしたいに決まってるからなぁ」

「親心…ですか？」

「フフッ、まぁそんなところだ」

「解りました。何とか考えてみましょう」

「頼むよ」

「それはそうと、助教授《センセイ》、昼食《おひるごはん》どうもご馳走様でした。ハイこれ」

そう言いながら、朋美が三枝に数枚の領収書を手渡した。

「ええっと、パスタのランチコース、ムール貝のパエリヤ、魚介類のリゾット、ピッツァ、カツオのカルパッチョとサラダキャビア添え、デザートにフルーツ盛り合わせ、コーヒー、チョコレートパフェ、イタリアン・ジェラートのダブルショット、百％生搾りジュースにケーキ食べ放題——ちょ、ちょっと待て！　一時間足らずの間にこんなに詰め込んだのかい？　たった二人で！」

「仕方なかったんです。聞き出すのに結構時間が掛かって……」

三枝が呆れたように溜息をつく。

「いや、そういう問題じゃなくてサ」

「『理由《わけ》を聞き出して、相談に乗ってやってくれ』と仰ったのは助教授《センセイ》なんですから」

「そうは言ったけどサ」

「何です？」

「君はともかく、西澤君はあんなに落ち込んでたのに、よくまぁ……」

「『君はともかく』だけ余計です！　甘味《あまいもの》は別腹《べつばら》！　女性にはとっておきの気分回復剤なんです！」

「う～ん、乙女心は良う解らん。心理学研究上の大難題だな、こりゃ」

「困った助教授……」

（こんなことだから、四十歳過ぎても、なかなか結婚できないのかな）

朋美も半ば呆れ顔で溜息をついた。


数日後。

そろそろ陽も傾き始めた午後、図書室で授業の下調べをしていた紫《ゆかり》は肩を軽くポンと叩かれ、驚いたように振り向いた。

「紫ちゃん」

「奥村先輩」

優しく微笑んでいたのは奥村朋美であった。紫《ゆかり》の表情が微かに落胆したように見えた。

その様子から朋美には紫の心の不安が一段と増しているように感じ取られた。

(やっぱり。きっと、彼氏が来てくれたのかと思ったのね)

「あっ、先日はありがとうございました。大丈夫でしたか？　助教授《センセイ》、呆れてませんでした？　二人して、あんなに豪遊しちゃって」

「平気、平気。女の底力《パワー》の凄さを思い知ったみたい」

朋美は笑いながら言った。

「ところでその後、彼とはどう？　連絡はとれたの？」

紫は力無く首を振った。

「あれから、携帯にも掛かってこないし、こっちから掛けても、全然出てくれないんです。何回掛けても〝通話可能圏外〟のメッセージになっちゃって」

「そう……」

朋美も声を落として肯いた。

「どうかしてたんです、私。あの時、あんなこと言わなくても良かったのに……」

紫が消え入りそうな声で呟いた。

「誰だって、そういう時はあるわ」

朋美はなんとか紫をなだめようと躍起《やっき》になった。

「許してくれるんなら百万回土下座してでも謝るのに……」

半べそをかきながら呟く紫《ゆかり》に、朋美まで目頭が熱くなってきた。

（そうか、やっぱり助教授《センセイ》の言ってた通り。そんなに楠見君《カレシ》に会いたいのね）

「まぁ、いつまでも降り続く雨なんて無いわ。そのうち必ず陽射しは戻ってくるから」

朋美の慰めに紫は微かに肯いた。

「ところで紫ちゃん」

朋美は紫の隣に腰を下ろすと改めて訊いた。

「今日、時間ある？」

「今日ですか？　え、ええ、取り立てて予定は……」

「そう、良かった。じゃ、これから少し付き合ってくれないかナ」

「え、ええ、別に構いませんけれど……」

紫の応えを聞くが早いか、朋美は彼女の手を引っ張るようにして学外へ連れ出した。

「何処《どこ》へ？」

紫が朋美に訪ねた。

「実は、これから飲みに行くのよ」

「え？　飲みに!?」

唐突な朋美の申し出に、紫は一瞬躊躇した。

「どうしたの？」

「あの、先輩、折角ですけれど、私、今とてもそんな気分には……」

「なれない？　気分転換には絶好なんだけどナァ」

朋美が困ったように訊いた。

「実はサ。今日、ほんの内輪のメンバーで飲みに行く約束をしてたのよ。相手も人数絞ってね。ところが突然、メンバーの一人が都合悪くなっちゃって――。で、紫《ゆかり》ちゃんなら美人だし人物的にも全く遜色無いし…ってことでね」

「それってつまり〝合コン〟ってことですか？」

思い起こせば恭平と知り合ったのはそもそも、然《さ》る〝合コン〟の席でのことだった。

二人が付き合うことになったのもその席上、恭平に一目惚れした紫が果敢にアタックを繰り返して成し得た結果だった。

「合コンって訳じゃないのよ。まぁ似たようなモンだけど。でも、相手のグループも皆知ってる仲間だし。要は単なる内輪の〝飲み会〟」

「あ、あの……」

「え？」

「わ、私やっぱり……」

「えっ？　ダメ？」

「ええ、折角のお誘いですけど…」

「困ったナァ。実はこういう女性《ひと》がいるからって連絡しちゃったのよ。そしたら皆大ＯＫ《だいオッケー》でサ。朋美ご推薦の美女なら大歓迎って訳で、期待されちゃったのよね。バ・ッ・チ・シ・と！」

「連絡しちゃったんですか？　もう」

「うん、勝手なことしてごめん。絶対来てくれるって思ってたから」

「……」

紫《ゆかり》は困ったように溜息をついた。

「どうしてもダメ？」

「わかりました。ご一緒します。私」

確かにこのまま一人で不安を重ねて落ち込んでいるよりは、いっその事、派手に騒いでくさくさした気分を一時でも忘れたいと紫は思った。

「ありがとう。ゴメンね、無理に誘って」

「いえ、いいんです。本当言うと、私もなんかパァーッと憂さ晴らしをしたかったんです」

「そうよ。その意気！　気持ちがスカッとすれば、またいい考えも浮かぶってものよ」

「そう、そうですよね」

かくして紫は気持ちの片隅に茫洋とした不安を残したまま、朋美のあとに従った。

紫と朋美、朋美の男友達とその友人、四人が会ったのは、少し薄汚れた気安そうな大衆居酒屋であった。

「ごめんなさい。遅れて。随分、お待たせしちゃった？」

朋美が正面の彼の方を見つつ、連れの男に謝った。

「いや、僕らも今しがた来たところだ。窓際の席しかなかったけれど構わなかったかな?」

朋美も紫《ゆかり》も肯《うなず》いた。

「アレッ? 遠山君と美緒《ミオ》は?」

「それがサ」

正面の彼が困ったように肩を窄《すぼ》めた。

「ドッチラケ、急に二人とも来れなくなったって!」

「ヤダァ! ドタキャン? 何言ってンの!? 冗談じゃないわよ! もう、ホントにみんな、テキトーなんだからぁ! こっちは、彼女、気が乗らないってのを、無理にお願いして来て貰ってるのに!」

朋美が申し訳なさそうに紫の方を見た。

「結局、全部で四人てわけ? ごめんね。紫ちゃん。せっかく無理に来て貰ったのに」

「いえ……」

「アッ! するってぇと、こちらが例の?」

男達が興味深そうに一斉に紫に視線を向ける。その様子に紫も思わず腰が引ける。

「そう、こちらが、お待ちかね、お話しした心理学《うち》ゼミの西澤紫ちゃん」

最初に朋美が男達に緊張し捲りの紫を紹介した。

「西澤紫です。初めまして」

「やあ、君が西澤さんだね。朋美がいつもお世話になって、あっ、僕は本郷一哉《ほんごうかずや》。よろしく!」

「よろしくお願いします。こちらこそ奥村先輩にはいつも丁寧なご指導を頂いて…」

「ちょっと、一哉！　紹介もしないうちからアンタ、でしゃばり過ぎ！」

朋美がすかさず、本郷に駄目を出した。

「ご、ごめん」

本郷が頭を掻いた。

「ったく、もう。ちょっと可愛い娘《こ》を見ると、すぐこれなんだから！」

朋美が笑いながら嫌味を言った。人前で平気で対等口《タメ》を利くところを見ると、どうやら本郷《かれ》は朋美のＢ　Ｆ《ボーイフレンド》らしい。

「本郷さんって、先輩の彼氏？」

紫《ゆかり》が小声で確かめると、朋美は笑いながら首を振った。

「ううん、とぉんでもない！　単なる飲み友達！　アイツだって別にちゃんと彼女いるし、近所の幼馴染みってか、付き合い始めたのは小学校四年からなんだけどね」

「はぁ——」

「ほんじゃ、改めて紹介といこうか。まず僕は」

「あんたはもういいよ。今しがた、勝手に派手な自己紹介してたクセに！」

「そう？　ンじゃまぁいいや。ンでもって、コイツが友達の山崎徹《とおる》」

「は、はじめまして、山崎徹です……」

山崎が紫に向かって挨拶をした。一見いかにも優しい、良く言えば、性格《ひと》の良さそうな、というか、どことなくオドオドした弱々しい感じのする印象の男性だった。

「すみません。お仲間内の会に突然、お邪魔しちゃって」

「とんでもない！　朋美が無理にお誘いしたらしいけど、挨拶を交わした以上はもう仲間！　楽しくやりましょう」

本郷が言ってくれたので紫《ゆかり》の心の中の遠慮が少しだけ取れた気がした。

「さぁ、君達二人は窓辺の明るい方に座って。僕らはこっちだ」

本郷は気を利かしたつもりか、紫達を表の良く見える窓際に向かい合わせて座らせた。

「ちょっと、何も〝お見合い〟するわけじゃないんだから」

朋美が口を差し挟むと、

「イイんだって、この方が！　お互い話しやすいし、街の夕景だって見られるし。西澤さん、話は朋美から聞いてるとは思うけれど、まぁ、ざっくばらん、気兼ねなくやってください」

「はぁ――」

「で、今日だけ山崎《こいつ》の相手《パートナー》を」

朋美が紫に向かって手を合わせてる本郷の脇を突《つつ》いた。

「アッ！　そうか、ゴメン」

本郷が慌てて朋美に謝っているのを見て紫は奇妙に思った。意味は良く解らなかったが、本郷が迂闊にも何か余計な事を口走って、朋美に窘《たしな》められたように見えたからだった。

（裏に何かあるのだろうか……）

そう思わずにはいられない、紫であった。

「よろしく…お願い…します」

山崎が消え入りそうな声で言ったので紫《ゆかり》も黙って頭を下げた。

取り敢えずビールで乾杯したあと、様々な酒肴《サカナ》が運ばれてきた。

「西澤さん…て、もう、紫ちゃんでイイやね。次は何がお好みかな？　ビール？　ウィスキー？　チューハイ、ワイン、ウォッカ、紹興酒、日本《ポン》酒《しゅ》は冷《ひや》でも熱燗《あつかん》でも何でも有りまっセ」

本郷がグラスを振りながら紫に訊ねた。

「ちょっと！　一哉！　あんた、馴れ馴れし過ぎ！」

朋美も少し酒が回ってきたのか、頬がほんのりと赤く染まっている。

「あっ、私、あまり強くないんで」

「大丈夫！　酔ったら僕が介抱するから安心…」

「ダメ！　ものすごぉ～く、危険！　安心できないわ。別の意味で」

朋美がとんでもないというふうに頭《かぶり》を振った。

「もとい！　朋美が介抱してくれるから」

「紫ちゃん、無理することないからね。コイツの口車に乗って飲んじゃダメよ。なにしろ、仲間内でも有名な〝ナンパ蟒蛇《うわばみ》〟なんだから！」

朋美が冗談めいた口調で言った。

「ナンパウワバミ？」

「ソッ！　女に浴びるほど呑ませて、酔っぱらって抵抗できなくなってから口説くの」

「あっ、ひでぇ言われよう。ウ、ウソだかンね。紫《ゆかり》ちゃん」

二人の軽妙なやりとりの面白さに紫も胸の痞《つか》えが少しだけ取れた気がした。

「じゃ、できたらウーロンハイを」

紫は心の憂さを洗い落とすようにウーロンハイを三分の一ほど一気に流し込んだ。すると本郷が驚いたような口調で囃し立てる。

「なぁんだぁ。けっこう、ヤルじゃんヤルじゃん！　弱いとか言っといて。よぉし！　じゃ、もう一回、乾杯！」

四人で和気藹々《わきあいあい》、陽気な時間が過ぎていった。二次会の場所をカラオケボックスに移してからも、テンションは益々盛り上がる一方で、最初は沈みがちで大人しかった紫も段々と周りの雰囲気に絆《ほだ》されてか、その表情に次第に笑みが見え始め、喋ったり自らマイクを握るようになっていた。

「ねぇ、西澤さん」

山崎が指でポンポンと紫の肩を突《つつ》いた。

「あの二人、なんか、彼らだけの世界に入っちゃってませんか？」

五曲続けざまに乱調子する本郷のガナリ声を聞き飽きたと見えて、一緒になって盛んに手拍子をしている朋美を後目《しりめ》に、彼らには聞えないような小声で話し掛けてきた。

「そうですね。なんか、私達、完全に置いてかれちゃったみたい」

「放っときましょう」

そう言うと山崎が紫との距離を少し詰めてきた。当初、彼は地味で寡黙な目立たないタイプだと思っていたがアルコールが入ると案外饒舌になるらしい。少々意外だった。

「いゃあ、驚きました。西澤さんって、歌がお上手なんですねぇ。プロ顔負けですよ！」

「とんでもない。私、そんな」

「いやぁ、ご謙遜！　あそこまで歌いこなせれば立派！　声もイイし、歌手でもシッカリ通りますよ。そういや、違ってたらごめんなさい。以前にＴＶのバラエティ番組——何だったか忘れたけど、出てませんでしたか？　ホラッ、風間《かざま》裕《ゆたか》と出てたでしょ？」

「ええ、お恥ずかしいんですけれど、成り行きで一度だけ」

　そう、あの時はそのＴＶ出演が原因で、ＴＶ局に勤める恭平の親友が自殺を装われて殺され、恭平や紫《ゆかり》までもが危うく命を落としかけたのだった。今でも思い出すだに背筋に悪寒が走る。

（あの頃は、私ももっと素直なイイ娘だったのに、恭平さんだってもっとずっとずぅっと私のことを……）

　紫は改めてあの頃の二人を思い起こしていた。

「やっぱり！　実は僕、家で見てたんです、あの番組。だから紹介された時、どこかでお見かけした女性《かた》だなって思ってたんですね。やあ、あの時の可愛い女性《ひと》にまたお逢いできるなんて光栄だなぁ。しかもこうしてご一緒に酒を酌み交わしてる。どうしてあの後——」

　紫は慌ててその話題から逸らすように、

「あっ、その……山崎さんはお歌いにならないんですか？」

「僕？　とんでもない！　人前で歌えるような頑強な神経じゃないんで」

「じゃあ、私、心臓に毛が生えてるのかしら」

「す、すみません。そういう意味じゃ…」

「せっかくお知り合いになれたんですから、何か歌って下さらない？　私、山崎さんにリクエストします」

「ぼ、僕は音痴で……」

「私だって！　それじゃ、音痴同士でデュエットでもします？」

山崎は嬉しそうに肯《うなず》いた。

今日来て良かった、と紫《ゆかり》は思った。たとえ朋美の誘いを断ってマンションの自室へ帰ったとしても、もしも恭平からの連絡が来ていなかったら、それが事実であることを孤独な部屋の中で自覚しなければならないとしたら、明日の朝まで心の平静を保てる自信が今の紫には無かった。

「西澤さん」

「はい？」

「不躾な質問で申し訳ないんだけど」

だいぶ酔いが回ってきたのだろう。山崎が正体を無くしたかのような真っ赤な顔をしてボソボソと喋り始めた。

「貴女、〝化粧〟というものをどうお考えになります？」

「お化粧ですか？」

「そうです」

唐突に質問されて紫《ゆかり》は戸惑った。

「どう、というと……」

「貴女、お化粧をなさってるでしょう?」

確かに外出している以上、女性の嗜《たしな》みとして当然ながら化粧くらいしているが、今日はこんな飲み会に連れてこられるとは思っていなかったので、軽くファンデーションを叩《はた》いた程度、シャドーも入れて無いし、唇《リップ》も爪《ネイル》もごく抑え目の色《カラー》にしてきている。しかしこの妙な相手に不快感を感じさせるような要素など無いはずだ。いくら酔ってるとは言え、初対面の女性に臆面も無くそんな事を訊ねるなんて随分失礼だ！　と紫は思った。

(誰にでも同じような質問をするのかしら、この人。こんな質問をするようなデリカシーの無さでは、早晩相手の女性に疎まれたとしても仕方が無いわ。ハッ！　もしかしたら、今日一人欠けたメンバーってのは――)

「はぁ、軽くですけれど」

仕方無く返事をすると、

「そ…ですか……ですよね。やっぱり」

「なにか、お気に召しませんでしたか?」

その口調から紫がかなり不快に感じていることに気付いたのか、山崎は慌てて手を振った。

「いや！　いや、とんでもない！　しかし、せっかく素顔でも充分お綺麗なお顔立ちなのに、どうしてまた化粧なんかするんです！」

紫《ゆかり》はこんな無遠慮な質問をする山崎の真意を計りかねていた。それにしても、山崎の口ぶりが怪しくなってきている。かなり酔いが回っているようだった。

（なんか、かなり無理して自棄《やけ》飲みしてるみたい。やっぱり彼女とケンカでも？）

紫が答えあぐねていると、

「女性はどうしていろんなものを顔に塗りたくるんですかねぇ」

「どうしてって？」

「化粧とは『化け粧《よそお》う』と書くでしょ？　つまり化粧なんてものは、所詮は外見《うわべ》を化け粧って、本性を隠すってことです。本当の姿は見せたくないってことですよね」

「え？」

「人間同士なんですから、お互いに心を隠しあう必要ないじゃありませんか」

確かに人間、十人十色。様々な考え方があって当然だが、ここまで一方的な解釈をされては、紫としても黙って聞いてはいられない。

「それは違うと思います。失礼ですけれど、山崎さんはなにか誤解してらっしゃるのではありませんか？　誰だって弱みや自信のない部分は他人に見せたくないでしょう？　少なくとも女がお化粧をするということはエチケットというか、他人を不快にさせないため、少しでも綺麗になった自分を見せたいとか、できれば相手から気に入られたい、誉めてもらいたい、という気持ちの現れだと思いますけど」

「僕ぁね、素顔《すっぴん》が好きなんです。だから女性も素顔がイイと思うんです。いや、素顔であるべきなんです！　本当の表情にしか本当の気持ちは見えてこない。白粉《おしろい》を塗りたくった顔はいくら綺麗でもそれはホンモノじゃない。作られた美、即ち虚飾だ。少なくともお互いに信頼しあえる恋人同士なら、虚飾は脱ぎ捨てて本心で、素顔で語り合うべきでしょう」

山崎は酔った勢いからか、こちらの気持ちなどお構いなしに、とうとう持論——かなり偏見に満ちてはいるが——を勝手に展開している。

が、紫《ゆかり》も負けてはいない。

「貴方が素顔がお好きかどうかはともかく、それはあくまで本人同士が話し合って納得しあった上でするべきことではないでしょうか。それに女にとってお化粧をしないで外に出るということは、ある意味、下着一枚で外《おもて》を歩いているみたいなもので、余程自信でもない限りとても恥ずかしいし、不安を感じるものなんです。いったん外に出てしまえば、何処で誰に出会うか、どんな事が起こるかわからないのに、そんな無防備なことはできません」

「でも、男は何時《いつ》でもあけすけのすっぴんですよ」

「そんなことはないでしょう。男の方にだって、例えば、外出する時はスーツを着るでしょう？　ピシッと襟の決まった清潔なワイシャツ、オシャレなネクタイ、高価でカッコイイ時計、ピカピカの靴、お髭をきれいに剃って、髪型をキチンと決めて。あれが男性にとってはお化粧じゃありませんか！」

「男の化粧なり身嗜《みだしな》みというのは、例えばアフリカ原住民やアメリカインディアンが敵に対して自分の戦闘意志を相手に伝えるための印、仮面の簡略化がルーツですが、女性のそれは女が男の所有物であった時代の、つまり、女性を自分の〝持ち物〟として誇り、綺麗に見せかけるために無理強いしたことに端を発します。例えば鉄漿《おはぐろ》とか、角隠しとか、白無垢とか、現在でも花嫁の衣裳など、男社会の女性支配体制時の残像がまだ残ってるし」

紫《ゆかり》は段々不愉快な気分になってきた。酒を飲みに来て、何でこんな講義を聴かされなければならないのか。心の不安を少しでも忘れようと、無理をして来ているのにそれを台無しにしようとするばかりか、今の自分にとって全く無意味な話題をグダグダと喋り続けるこの無遠慮な相手に憤慨に近い、強い苛立ちを覚えていた。

「確かに女性にとってそういう虐げられた辛い時代もあったのでしょうけれど、それと女性が自発的に施す化粧《おめかし》とは本来的に別ものだと思います。貴方は女が化粧をするという行為それ自体が真の姿を見せたくない…誤魔化したい気持ちの現れとお受け取りのようですが、まぁ、それだって全く無いとは言い切れませんが、私に言わせれば、純粋に相手に対する好意や愛情がさせていることで、貴方が仰るような〝まやかし〟が目的などでは決してないと思います。貴方の考え方には女に対する曲解、いえ、むしろ敵意すら感じられます。そのような方とこれ以上お話をすることは、申し訳ないけれどたいへん不愉快です!」

紫が腹立ち紛れに思い切り毒づくと、山崎は急に声の調子を落として呟いた。

「翔子《しょうこ》がね…」

「翔子…さん…って」

「僕の知り合いなんスけど…」

「……」

(今度はいったい何?　何で私がこんな所であんたの女の話なんか聞かなきゃならないの?　この人、

いったいどういう神経してるんだろう）紫《ゆかり》の不快感はもはや限界点に達していた。

今直ぐ席を立って、この無礼な相手の前から一刻も早く遠ざかりたい衝動に駆られた紫だが、せっかくこの飲み会に誘ってくれた朋美達の手前、辛うじて抑えていた。

「翔子はね、妙に化粧に拘《こだわ》る女でしてね。理由は知りませんが…僕は化粧は嫌いだから、在るがままがいいのだからと何度言い聞かせても解ってくれない。何故、翔子は素顔でいてくれないんでしょう。僕の希望なのに。どうして僕を信頼して、僕に本当の心を、本当の姿を僕に明かしてくれないんでしょう！」

「それは、翔子さんに対する貴方の姿勢に何か問題があるのではないのですか！」

気持ちの中に沸々と怒りと不安の心が芽生えてくるのを紫は止められなかった。

今時、こんな独善的かつ錯誤的考え方をする男もまだ現存しているのだ。化粧というものは、あくまで自分の意志や感情を表現する手法であって、相手側の都合で施す訳ではない。それに女性の化粧を単に真意を覆い隠すための虚飾・虚栄としか受け取れないなんて、そうとう屈折した性格の持主……それとも過去に何かよほど苦い経験があるのか。

怒りの気持ちはまだ到底治まりそうもないが、それとは別に何故かこの偏屈男に不思議な興味が湧いてきた。山崎が何故こんな偏見を持つに至ったのか、逆に探ってみたい衝動に駆られた。紫は大きく深呼吸をすると、できるだけ冷静さを失わないように声を抑えて話した。

「山崎さん、今日初めてお会いした方にたいへん生意気な口を利くようで申し訳ないのですが、貴方の過去に化粧の事でどんな辛い経験をお持ちなのか存じませんけれど、その女性が貴方のご希望にも拘《かかわ》らず、敢えて化粧に拘《こだわ》るのには、そうとうな事情がお有りなのでしょう。貴方はその事情をご存知ないのでしょう？　もし貴方が相手の事情も確かめずにそんな事を仰っては、翔子さんと仰るその女性はどんなにか悲しい思いをなさるでしょう。貴方は、貴方のために少しでも美しく綺麗になりたい、貴方にいつも見つめられていたいと願う翔子さんの気持ちをもっと素直に汲み取って差し上げるべきです。女は、いいえ、女に限らず誰でも、貴方だって、自分の弱みは世間からはできるだけ隠しておきたいと考えるでしょう？」

「だから、たとえ何があっても僕は気にしないと」

「貴方はそうかも知れませんが。では、貴方以外の周囲の方々はどうです？　あるいは、道行くたびに擦れ違う人達は？　その人達のことまでも貴方は責任を持てますか？」

「いや…」

「私だってそうですが、翔子さんもこの社会で普通に生活している以上、当然世間のありとあらゆる視線に身を曝《さら》さなくてはなりません。その際、彼女の持つ〝引け目〟――それがどんなものなのかは分かりませんけれど、そのために彼女が蒙る計りしれない心の痛手を貴方は癒し、彼女を守ってあげる自信がお有りですか？」

「……」

「それもこれも、周りに…というよりは、貴方に好く思われたいためでしょう。そんなせつない乙女心を貴方は彼女の気持ちも考えず、単にご自分の〝好き嫌い〟だけを優先させて微塵に打ち砕くおつもりですか？　貴方はどんなご事情からか、〝女の化粧〟を甚《いた》く毛嫌いなさっておられるようですけれども、私も同じ女性として、化粧をしているからというだけで好きな相手に〝真意を覆い隠して欺こうとする心の現れ〟だとか、〝後ろめたいことがあるからだ〟などと、表面的に単純に曲解して頂きたくはないんです」

「それは…」

「例えば、翔子さんと仰る女性がどんなお方か私は存じませんが、素顔では山崎さんの自分への関心…というか、愛情を止《とど》めて置けないと間違って思い込んでいらっしゃるのではないでしょうか？　きっと、一にも二にも貴方に不快感を与えないように常に気を遣っている、臆病な、そして繊細な感覚の持主なのでしょう。もしそうだとするならば、彼女は貴方を愛するが故に、常に心に不安を抱えているはずです。『私が少しでも負い目を見せたら、あの人は私から離れていってしまうのではないか』と。そして彼女がそんな強迫観念を擁《いだ》いてしまったとしたなら、それは、そういう考えを彼女に擁かせてしまった貴方の言動や態度の方にむしろ重い責任があると思います！　今日、その翔子さんがこの会を欠席されたのも大方、貴方の化粧に対するそうした一方的な誤解が原因なのではないでしょうか？」

そこまで一気に捲し立てて、紫《ゆかり》はハッと気づいた。

（じゃあ……）

恭平は自分をどう見ているのだろう。山崎とは違って、今まで紫に特に化粧について奨励も批判もしたりしなかったし、その時々の自分をごく当たり前に、あるがまま受け止めてくれていた。自分がその時々で気付いて貰いたいところはちゃんと気付いてくれたし、誉めて貰いたいことは的確に誉めてくれた。ということは、化粧をする前の素顔、私の真意・本音も含めてチャンと把握していて初めてできることだ。つまり、恭平は自分のお体裁抜きの本心をキチンと見抜いてるということだ。そんな恭平に自分は自身の価値観なり、考え方なりを一方的に強要していなかっただろうか。ただ恭平の大らかさに甘えるばかりで、彼が本心ではどんなことを欲しているのか、深く考えもしなかった。もしかしたら自分の自己満足的な言動が恭平に慢性的《まんせいてき》な我慢を強いていたのではないだろうか。その蓄積された鬱憤がたまたま引き金となって、今回のようなケンカ状態を引き起こしたのかも知れない。今のような〝擦れ違い〟の状態で、自分だけ勝手に悲劇のヒロイン気取りで自棄《やけ》気味に捌《は》け口を求めて行動している自分を見て、恭平はどう思うだろう。恭平《アイテ》の気持ちを推し量る努力も反省もせず、奔放に行動していた自分に彼はどういう評価をくだすだろうか。恭平だって、自分の心根をありのまま紫《ゆかり》に公開しているとは限らないのだ。本来ならば、到底許しがたい紫の欠点をジッと我慢し続けて覆い隠してくれていたのかも……。紫の心に黒い不安が洪水のように押し寄せた。山崎の言うとおり、恭平の本心が知りたくなった。

「あの……」

山崎が先ほどとは打って変わって、大人しい口調で答えた。

「確かに…そうなのかも知れない。今までそんなふうに僕を真正面から諫めてくれた人はいなかった。鈍いやつですねぇ、僕って。考えてみれば、僕は無意識に翔子《アイツ》に過酷な精神的負担を強いていたのかも知れませんねぇ」

紫も今までの不快感が、まるで霧が晴れるように解消していく気分になっていた。

「それはお互い様ですよ。女のほうだって、つい男性の〝心の広さ〟に甘えてしまって、いろいろ我儘を言ったり無理強いをしたりしてしまいますもの。それをお互い、何処まで許せるか、受け支えてやれるか、というのが〝優しさ〟であり〝愛情〟というものなんじゃないでしょうか」

つい、いつものクセでゼミの時の討論会《ディスカッション》口調になってしまうのが、今は異常に恥ずかしかった。先日の恭平との諍いの時も、自分はきっとこんな調子で恭平を論破して一人イイ気になっていたのだろう。今日は今日で山崎に向かってとうとうと論駁《ろんばく》しているその言葉が、そっくりそのまま自分に跳ね返ってきそうで紫《ゆかり》の心は恐々としていた。

「良く解りました。ただ――」

山崎が答えた。

「ただ？」

「確かに僕と翔子は今そんな状態ですが、今日は翔子は最初からメンバーに入っていませんよ」

「え？　でも…」

「僕は、貴女と貴女の彼氏が僕達と同じような理由で、その……欠員ができたんで今日だけ穴を埋めてくれと…」

「そんな…」

「諍いの理由もちょうど同じような内容なんで、男側の立場でいろいろ話を聞いてやってアドバイスしてやって欲しいと」

朋美達を見やると、こちらのことなどまるで眼中に無いように相変わらず二人してハシャギまくっている。恐らく、今しがたの山崎との論争など聞えちゃいないだろう。

その時紫はハッと気づいた。

（そうか、もしかしたら）

もしかしたら、この飲み会は、偶発的な出来事ではなく、計画的…朋美が仕組んだ一種の〃Brain《ブレイン》-storming《ストーキング》〃なのではないか。似たような原因で同じような状況に陥っている男女を対話させて、互いに相手の立場や考え方や気持ちを認識させ、問題の解決まで導こうという——。

「なるほど、だから……」

（山崎さんは、いきなりあんな自分の経験談を…）

本郷がうっかり口を滑らした「今日だけ相手を」の言葉の意味が今ようやく理解できた。

紫《ゆかり》の口元に笑みが零れた。

「なにか」

山崎が怪訝そうな顔つきでなにやら、ほくそ笑んでうなずいている紫を見ている。

「私達、どうやら先輩達に上手《うま》く乗せられてたみたいですね」

「……？」

「今夜、私と山崎さんが出会ったこと、何かでき過ぎだとお思いになりません？」

「なるほど、そういうことか」

山崎も漸《ようや》く合点がいったようにポンと手を叩いた。

「イッパイ喰わされた！」

「先輩達の善意からでしょう、きっと！　私達の悩みを一挙解決へ導くために」

「そう…だネ」

「ゴメンナサイ。つい失礼な言い方をしてしまって。さぞかし小生意気な女だとお思いになったでしょうね」

「いや、僕こそ不躾《ぶしつけ》で、とんだ利己主義者《エゴイスト》だったみたいですね」

「そうと解れば、改めて楽しみましょうよ。せめて、今夜だけは、折角ですもの！」

紫《ゆかり》が微笑んだ。


自宅まで送るという山崎の申し出を丁重に断って、恭平を思い浮かべながら紫が家路を急いでいると、ふいに跡をつけられているような気配に襲われた。ちょうど駅前の繁華街を抜けた、閑静な住宅地域のバス停で降りて歩き始めて数分経ったところだ。

（やだ、誰かついてくる。まさか…ストーカー？）

単なる思い過ごしかも……。紫はなるべく相手に気取られないよう、少しずつ歩を速めた。

（恭平さん？）

紫の中では後ろを振り向きたい衝動と一刻も早くこの場から遠ざかりたい気持ちが交差していた。しかし、あの恭平がそんな子供じみた行動を取るだろうか…いや、普段の彼の性格からしてもっと堂々としているはずだ……。でも、場合が場合だけに、そんな態度で……いや、やっぱり違う！

もしも振り向いて、万が一、恭平でなかったら……恐怖が竜巻のごとく凄まじい勢いで湧き上がってくる。自分の思い過ごしだ…そう思い込もうとした。でも、恐怖がそれに優った。

紫が小走りに駆け出すと、気配もスピードを上げたようだ。

(やだ!)

息が苦しい。心臓が飛び出しそうだ。まだ酒が残っているせいか激しく目が回る。電柱にぶつかりそうになったのを辛うじて避けた。ビリッ! と何かが破ける小さな音がした。…。

「痛《イタ》ッ!」

腕に鋭い痛みを感じたような気がしたが、立ち止まって確認する余裕は今の紫《ゆかり》には無かった。

自宅マンションまではあと僅かだ。紫は全力疾走で駆け出した。まだ、完全に酔いが醒めていない。

眩暈がして転びそうになるのを必死で堪え、玄関《エントランス》に飛び込んだ。

慌てて、エレベーターの全階のボタンを押した。停止階を偽装して、何とかついてくる気配をまこうとした。妙にスピードが遅い。

「な、何なのよぉ。速く、もっと……」

紫は目的階のボタンを押し続けた。

扉が開くと同時に飛び出した紫は狭い廊下を一気に駆け抜け、部屋へ飛び込んだ。

鍵を掛け、チェーンを掛けてから漸く少しだけ落ち着いた。

眩暈がして立っていられなくなり、思わず三和土《たたき》にしゃがみ込んだ。

(怖かった…)

ドッと汗が噴き出す。紫は携帯を取り出すと、恭平に掛けてみた。相変わらず、〝不通〟を知らせるメッセージが出るばかりである。

「もォ…恭平のバカ! 何で出てくれないの? そんなに意地悪《イジワル》しなくたってイイじゃない! 私がこ

んなに怖い思いをしているってのに、いいかげん出てくれたってイイでしょ！　いったい何処に雲隠れしてるのよぉ！」

　全身からは冷や汗が……。涙で潤んでケータイのボタンがハッキリ見えない。

「お願い！　掛かって！　私が悪かったわ。謝るから、恭平さん！　怖いよォ！　お願い、一言でイイから声を聞かせて！」

　唐突にスゥッと辺りが暗くなって、やがて意識が遠のいていくのを紫《ゆかり》は感じていた。

　紫が目を醒ました時、窓のカーテンから零れた朝日が部屋に差し込んでいた。

「もう…朝、私…どうして…ウッ……」

　どうやら二日酔いらしい。身体が異常に重たい。壁に掛かったカレンダーに目をやる。

「今日は…木曜日…か……。授業…ない……。でも、どうして？　私…確か三和土《タタキ》で……」

　何時の間にか、ちゃんとパジャマを着てベッドで寝ている。昨夜の記憶を思い返してみた。

　状況からすると、力無く三和土を立ち上がった紫が、フラ付く足で服を脱ぎ、メイクを落として、シャワーを浴びたらしいのだが、途中でプッツリと記憶が途切れている。

　脳みそが噴出しそうなほど頭がガンガンと疼いている。

「アタタッ、飲み過ぎちゃったからナァ。『調子に乗って飲み過ぎるな！』って、いつも言われてたのに……。こんなとこ恭平さんに見付かったら、また、叱られるだろうナ……。昨夜の事、酔っぱらって夢でも見たのかしら…厭《ヤ》な夢。じゃ、あの幻のストーカーも夢？」

　何気なく腕を摩ってみた。

「痛《っ》！」

　傷があった！　何かに引っ掛けた傷だ。紫《ゆかり》はガバッと飛び起きると、昨日着ていたお気に入りのブラウスを手に取った。袖には確かに〝かぎ裂き〟があり、わずかに血がついている。

「夢じゃ…ない！」

　身体の震えが止まらなかった。改めて昨夜の恐怖が思い出された。涙がジワッと滲む。

（怖いよ、恭平さん。何処にいるの。お願い、今すぐ来て私をシッカリ抱いて安心させて。もしもダメなら、せめて、声だけでも聞かせて。『大丈夫だ！　僕がついてる』って言って！　お願い！）

　心の中で必死に念じた。紫は蒲団を頭から被り、その日一日中ベッドから離れることができなかった。


「奥村君」

「ハイ？」

　原稿を横目で見ながら、ワープロのキーを忙しそうに叩いていた朋美がふと手を止めて答えた。

「西澤君はどうした？　君の言っていた〝Brainstorming《ブレインストーミング》作戦〟はうまくいったのかい？」

「ええ、それが……」

「どうした？　浮かない顔して…。失敗だったのか？」

「いえ、最初は互いに遠慮し合ってたんで、ワザとほったらかしておいたんです。そしたら、段々気分も解《ほぐ》れて後半では結構二人で何やら話し込んでましたから、気分転換にはなったと思うんですけれど」

「そうか…」

「今のところ何も連絡が無いんで。でも今日のゼミには出てくるでしょうから、それとなく訊いておきます」

　朋美がそう言ったと同時に、
　バタン！

　大きな音と共に研究室のドアが勢い良く開けられた。朋美も三枝も音のした方を見て驚いた。紫《ゆかり》がハァハァと息せき切って飛び込んできていた。

「西澤君!!」

「紫ちゃん!!」

「た、助けて！」

「『助けて』って、いったいどうしたんだ」

「変な…変な人に追いかけられて。ストーカー――」

　そこまで言うと、紫は腰が抜けたようにヘナヘナと床に座り込んだ。

「ストーカーだって!?」

　三枝も朋美も、ストーカーと聞いて思わず腰を浮かせた。

「どういうことなんだ？」

「詳しく話して御覧なさい」

　紫は震えながら説明した。

「実は、一昨日《おととい》の先輩達との飲み会の帰りに、変な人影に追いかけられて……」

「変な人影に？」

「ええ。で、恐かったし、昨日は一日家に居たんですけど……今日、ここへ来る時も後ろから人の気配がずうっと追いかけてきて」

「今も？　真昼間っから!?」

「警察には通報したの？」

紫《ゆかり》はまだ大きく息を弾ませながら首を振った。三枝も、

「とりあえず、一報は入れといたほうがイイな。それで？」

「思い切って振り返ったら、歌舞伎の役者みたいな、ピエロみたいな、ゴテゴテの化粧してて、手に何か光るものが見えたの」

三枝も朋美もどうしたものか考え込んだ。紫の証言が本当なら、これは由々しき事態であることは間違いがない。

「もう私、怖くて怖くて！」

ドンッ!!

いきなり大きな音がしてドアが軋んだ。どうやら何者かが、蹴ったか体当たりでもしたらしい。

「キャッ！」

紫が慌てて立ち上がると三枝の背後に走りこんだ。

ドアがゆっくりと開く。そこには見たことのない女が、全身から凄まじい怒気を放って立っていた。

顔には真っ白な白粉《おしろい》を塗りたくり、ドギツイほど真紅《まっか》な口紅と青紫《あおむらさき》のアイシャドーを差し、紫の証

言通り、まるで歌舞伎の隈取《くまどり》かインディアンの〝戦いの化粧〟を連想させる、どう見ても常軌を逸しているとしか思えない化粧で立ちはだかっていた。

「あの女《ひと》が！　あの女が一昨日《おととい》から私を」

三枝の陰に隠れながら紫《ゆかり》が訴えた。

「何だね。君は」

三枝が静かに訊いた。

「ここは三枝助教授の心理学研究室です。関係者以外は立ち入り禁止です」

朋美も毅然として言い放った。

「その娘に用がある」

女は低い声で言った。

「私、貴女の事なんか——」

「ウルサイッ!!」

いきなり女が恫喝する。

「西澤《にしざわ》…紫、この泥棒猫！」

「えっ？　何で私の名前を…私は何も……」

「徹《とおる》を、山崎徹を返して！」

「返せって、いったい…」

その時、朋美が思い出したように言った。

「ちょっと待って！　貴女の顔、思い出した！　山崎君とのツーショットの写真を見せてもらったことがあるわ。貴女、仁科さん…仁科翔子《にしなしょうこ》さんよね」

「翔子さん。じ、じゃあ、この人が山崎さんの……」

「何処にいるの！　徹を何処に隠したのよ！」

「隠した…って…」

「私は徹を愛しているの。だから、徹のために毎日毎日身体を磨き、入念にお化粧をして、徹に気に入られようと一生懸命努力した。私の化粧、皆、誉めてくれた。他の誰もかれもが『キレイだよ』って言ってくれた。でも、徹だけは気に入ってくれない。そしてとうとう仲違《たが》い…私は悔やんだ。何処がいけないの？　私が化粧に拘《こだわ》ったから？　でも、私は素顔なんか見られたくなかった。素顔なんかより、お化粧してずっとずっとキレイになった私を認めて欲しかったのに。お化粧をすればするほど、徹の心は私から遠ざかるばかり。私は悩んだ。もう一度あの日々を取り戻したかった。そうだ、とにかく徹に謝ろう。理由《わけ》をちゃんと聞いて、素直な、彼に気に入られるような女になって。だから私はあの日、徹の跡をつけていった。そうしたら——」

翔子の目から涙がポロポロと零れ落ちた。そして勢い良く紫《ゆかり》を指差すと、

「あの女がいた！」

「わ、私…」

「しらばくれないで！　あの日、あの『多良福《たらふく》』って居酒屋で、二人してこれ見よがしに窓際で向かい合って、あんなに楽しそうに笑いながら話が弾んでたじゃない！　カラオケだって嬉しそうにデュエッ

トなんかして。徹のあんな笑顔…見たことなかった」

「で、でも…あれは」

「そうよ！　あれは私達四人で――」

「黙れ！」

説明しようとした朋美を翔子が制した。

「そうか…分ったわ。この女が、あんたが徹を誑《たぶら》かしたんだ。虫も殺せないような可愛い顔して、よくも私の徹を！」

「違う！　ご、誤解だわ。私は山崎さんに貴女の気持ちを……」

「フン！　余計なお節介よ」

翔子は素早く駆け寄ると三枝を突き飛ばし、紫《ゆかり》を捉まえると羽交い締めにした。

「な、何をするの!?」

翔子は紫の顔をマジマジと見つめた。

「ふぅん。確かに殆ど化粧しなくても、素顔でも可愛いねぇ。あの人好みだわ。でも、あんたのお蔭で私は、私は……。卑怯じゃない！　不公平よ！」

「不公平？」

「そうよ。あんたも徹を狙っているなら、あんたにも対等な立場で闘ってもらうわ。勝負は公平じゃなくちゃね」

そういうと翔子はポケットから小さなビンを取り出した。

「これ…何だか分かる?」

「?」

「濃硫酸よ」

「の、濃硫酸!?」

翔子は紫《ゆかり》を見つめるとニタリと笑みを洩らした。

「昔話…したげようか……昔々、あるところに翔子というそれは可愛い女の子がおりましたとさ。ある日、翔子ちゃんは大好きなお父さんの仕事場へ遊びに行ったのです。忙しそうに働くお父さんを見ているうちに退屈になった翔子ちゃんは、お父さんの目を盗んで色とりどり、きれいな薬ビンの並ぶ薬品棚に登って眺めているうちにバランスを崩し、倒れてしまいました。その時、この危険な薬品が顔に、手に雨のように降り掛かってきたのでした」

「……」

翔子は手で額を覆っていた前髪を掻き上げた。そこには厚めに塗りたくった白粉を通してなお、痛々しい火傷の跡らしい痕跡が見て取れた。

「この醜い傷のお蔭で、私はどんなに苦しんできたか…人に指差され、バケモノと蔑《さげす》まれ、気味悪がられ、どんなに辛く惨めな悲しい思いをしてきたか」

「解るわ。でも、山崎さんは……」

「黙れ! あんたなんかに…そんな化粧無しで堂々と外《おもて》を歩けるあんたなんかに、この惨めさが解って堪るか! よ~く見てごらん! この傷…こんな醜い傷、徹だって、きっと見たくなんかないサ。もし私にこんな醜い傷跡があることが分れば、徹だって離れて行くに決まってる。だから私は彼に嫌われないよう、嫌悪感を起こさせないよう、必死でこの悍《おぞま》しい傷を隠そうとした」

「……」

「この幸せは絶対に手放したくない。私から徹を奪おうとする女は決して許さない！」

「し、翔子さん…」

紫《ゆかり》の顔が恐怖で苦しそうに歪んでいる。

「だけど、私にだってプライドはある。あんたが徹を欲しいなら、チャンスをあげようじゃない。どちらが好《よ》いのか徹に選ばせる。でもこのままじゃ可愛いあんたの方が圧倒的に有利だもの。ズルイでしょ？だから、あんたにも同じハンデを背負ってもらうわ」

「何ですって!?」

「この私の人生を狂わせた濃硫酸で貴女にも同じ傷を負って貰うの。それでこそ公平ってもんよネ！」

「ちょ、ちょっと待って！」

「往生際が悪いわねぇ」

翔子がほくそ笑む。

「だから、誤解よ。私と山崎さんは何も…」

「だったら、何で帰り際に抱き合ってキスなんかしてたのよ！」

「キスなんてしてない！　酔った私の足元がフラついて、思わず山崎さんに凭《もた》れ掛かってしまっただけよ。それを山崎さんが支えてくれただけだわ」

「フンッ！　ものは言い様《よう》よね」

「ウソじゃない！　私には楠見恭平というレッキとした恋人がいるの」

「適当なデマカセ言わないで！」

「デマカセなんかじゃない！」

「ホウ。じゃ、その恋人とやらは何処にいるのさ！　私があんたの跡をつけ回していたこの二日間、そんな男は一度も見なかった。電話だって掛かって来なかったじゃない！」

「い、今はケンカして会ってないけど…」

「へぇ…たいした女《タマ》ね、あんたもちょっと恋人とケンカしただけでもう浮気？　そんな事で人を真剣に愛する資格があるとでも思ってるの⁉」

「だから…誤解だって」

「もう、言い訳は聞き飽きたわ。〝楽しいお喋りの時間〟はオシマイよ」

翔子がニヤッと笑った。

「そろそろ観念してもらおうかしら」

「よせ！」

「止めなさい！　そんなことして山崎君が喜ぶとでも思うの⁉」

三枝たちが口々に説得した。紫《ゆかり》は思わず眼を瞑った。その時、

「止めろ！　翔子！」

翔子が驚いてドアの方に目をそらした。

「徹……」

　朋美がスキを見て発信したケータイからの連絡でやって来た本郷や、駆けつけた警備員達とともに山崎徹が息を切らして立っていた。

「み、見ないで！」

　翔子が反射的に顔の傷を手で覆った。その一瞬のスキをついて、紫《ゆかり》が彼女の腕を振り解いて逃げ出し三枝に抱き縋《すが》った。

　山崎は静かな口調で翔子に言った。

「翔子…ドアの外で全部聞いた。西澤さんの言う事は本当だ。僕と彼女はなんでもない」

「だって……」

「僕が想っているのはお前だけだ。翔子…」

「じゃ何故」

「とにかくもう止めるんだ。さあ、そのビンを机に置いて」

　山崎が説き伏せるように諭しながら、ゆっくりと翔子に近付いてゆく。

「ダメ！　来ないで！」

「恐れるな」

「この傷を見られたくない…」

「知ってたよ」

「ウ、ウソ！」

翔子の表情に驚愕が走る。

「なんで…」

山崎は静かな口調で語った。

「薄々気付いてた。君があまりにも額の化粧崩れを気にするんでね」

「私……」

「言ったろ？　そんな事は気にしないからって」

「……」

「な？　だから紫《ゆかり》さんを巻き込むな。彼女には何の関係もない。むしろ化粧をする女性の気持ちについて懇々と諭されたよ。『何で女心を解ってやれないのか』と。だが、言われるまでも無く僕が好きなのは今でも君だけだ」

「ウソよ！　あの娘を救うための言い逃れだわ！」

そう言いながら翔子は段々と後ずさり、やがて壁にぶつかった。

「ウソなんかじゃない！」

「私は…」

徹は、ゆっくりと、一言ずつ噛み締めるように話し出した。

「翔子。君にも話さなかったことだが、常々、死んだと言ってきた僕の母は実の母じゃない。父の後妻…継母だ。元々〝夜の女〟を商売にしていたアイツは根っからの〝堕落者〟だった。父との結婚後も家事は一切せず、酒焼けとフキデモノでボロボロになった肌をかくすため、いつもドギツイ化粧をして夜の巷を徘徊し、酔っ払い相手に媚《こび》を売り、乞われれば誰とでも寝た。そしていつも呑んだくれてた。継母《はは》は明け方帰ってくると、いつも不機嫌そうに僕を殴った。まるで鬱憤を晴らすように…。食べ物をもらえるのは精々《せいぜい》三日に一度。父には僕がなつかないで悪戯ばかりするから躾けたんだと誤魔化していた。僕がいくら泣きながら真実を訴えても化粧という仮面を被った継母の偽りの美しさに心を奪われていた父はあの女のデマカセを他愛もなく信じ、僕の言葉には耳を貸そうとはしなかった。そして二人して僕を折檻した。僕は自然、継母《はは》のように厚化粧をした女を憎み、信じられなくなっていった」

「徹……」

「父は迂闊にも継母の厚化粧に騙され、あの女の正体を見抜けなかった。継母は最初から父の財産《カネ》目当てで我家に入り込んできたんだ。だから父が身体を壊し自由に使える財産も乏しくなってくると、アッサリと他の男に乗り換えて姿を晦《くら》ました」

「……」

「アイツは『死んだ』んじゃない。僕らを棄てて出て行ったんだ。僕は翔子にあの継母《おんな》のイメージをダブらせたくなかった。だから…」

「……」

「済まなかった。翔子をここまで追い詰めたのは全て僕のせいだ。僕がもっとシッカリ説明して、翔子のわだかまりを解いてやればこんな事にはならなかった。ごめんよ」

「徹…さん…」

それまでの緊張感が途切れたようにガックリとうなだれ、翔子の手が次第に降りてきた。隙を見た山

崎がその手から薬ビンをもぎ取ろうとした瞬間、

「ハッ！　ダメ！　来ないで！」

再び振り上げた翔子の手が壁にぶつかり、カシャン、とガラスの割れる小さな音がした。

「えっ？」

次の瞬間、翔子の額と手からジュッ！　といういやな音がして、ポッと白い煙が立ち昇った。

「きゃあああああああ！」

「しまったァ！」

山崎が慌てて駆け寄る。

「お願いします。誰か救急車を！」

山崎の声に朋美が急いで一一九番へ連絡を入れる。山崎は顔を押えてうずくまった翔子を支え起こそうと抱き寄せた。

「しっかりしろ！」

「……」

「えっ？　何だって？」

皮膚が焼ける痛みを必死で堪えているのか、苦しげな息をしながらブツブツと呟く翔子の口元で山崎は聞き耳を立てた。

「……ショウ……ケ、ョウ……グを……」

「聞えないよ」

「お化粧…道具を……誰か、お願い……」

「そんなこと気にするな！　傷に触っちゃダメだ！」

「また、こんな火傷……どうしよう……。どう…しよう。徹…さんに…嫌われちゃう……」

かなり意識が混乱しているようだ。

「翔子…」

「か、隠さなきゃ…徹さんにだけは見られたくない……」

山崎が涙を浮かべ、咽《むせ》びながら必死で翔子に声を掛けている。

「翔子！　頑張れ！　もうすぐ救急車が来る。僕がいる。安心しろ！」

紫《ゆかり》も朋美も口を手で塞ぎ、目に涙を浮かべている。三枝も呆然と二人の姿を見詰めていた。

「私…まだ綺麗？　傷…醜く…ない？」

「ああ、傷はたいしたこと無い！　大丈夫だ！」

「よかった…やっと…言ってくれた…私、徹さんのために…喜んで貰いたくて……ゴメンネ……」

「もういい。もう喋るな！　良く解った！　翔子の本心、しっかり見せてもらったよ」

やがて到着したストレッチャーに横たわった翔子に付添いながら、

「助けてやってください。植皮が必要なら僕のを」

と、救急隊員に大声で懇願している山崎の声が廊下の向うから聞えてきた。

「ふう」

騒動を聞いて集まっていたヤジウマも去り、三枝が大きな溜息をついた。

「西澤君、大丈夫か?」

「ええ…」

紫《ゆかり》が肯《うなず》いた。

「良かった…」

朋美もガックリと座り込んだ。

「いったい何がどうなってるんですか?」

事情を知らない本郷が不安げに質問する。

「いいの! アンタには取り敢えず関係無いこと! この感動のラブストーリーは今度ジックリ話してあげる」

朋美がそう言いながら、紫にウィンクした。

「紫ちゃん、大丈夫? もう落ち着いた?」

朋美が紫を気遣いながら訊ねた。

「ええ、なんとか。まだちょっと震えが止まらないけど…」

「ごめんネ。私達の詰まらない思い付きで大変な目に遭わせちゃったね」

「いえ、イイんです。私達のために良かれと思ってしてくれた事だし……。ちょっとビックリしたけど。でも感謝してます」

「本当に良かったよ。西澤君に怪我が無くて。もし何かあったら楠見君に申し訳ないからなぁ」

「ハッ！」

三枝の何気ない一言に何やら思い出したように紫《ゆかり》が顔を上げた。

「どうした？」

「思い出した！」

「なにを…？」

「恭平のヤツ！」

「今度は何を怒ってるの？」

「なんて冷たいの!?　私《ひと》がこんな怖い目に遭ってるってのに！　電話の一本くらい入れてきたって！」

「ゆ、紫ちゃん…」

三枝と朋美は思わず顔を見合わせる。

「あんな冷徹な男《ひと》とは思わなかった！」

「だって、彼は今回の事は何も知らないんだし……」

「いいえ！　もっと早く連絡をくれてたらこんな事にはならなかったんです！」

「しかし、それは…」

「もう！　たとえ百万回土下座して謝ったって、ぜぇ〜ったい許さないンだからぁ！」

朋美も三枝も互いに見交わすばかりで言葉が返せなかった。


翌日、土曜日。

「あっ、奥村先輩、三枝助教授《センセイ》、オッハヨーございま〜す」

三枝研究室に鼻歌交じりに飛び込んできたのは紫だった。

昨日の今日だけに紫《ゆかり》の劇的な豹変ぶりに三枝達はとまどった。

「や、やぁ、西澤君！　今日はまた一段とご機嫌麗しいねぇ。もういいのか？」

「ええ、もうすっかり元気！」

「大したもんだ。立ち直りが速い。若いってことは素晴らしいねぇ」

三枝がしきりに感心している。

「ところで」

紫が心配そうに朋美に訊ねた。

「翔子さん達は？」

朋美が微笑みながら応えた。

「安心して！　さっき山崎君から連絡があったわ。手当てが早かったし、被った濃硫酸《くすり》の量もほんのわずかだったんで、顔の傷は大した事なかったみたい。表皮だけで真皮までは達していなかったらしいわ。もっとも、手のほうは少し跡が残るらしいけれど」

「そうですか…」

「植皮手術を何度か繰り返せば、かなり目立たなくなるって。あとは化粧やヘアスタイルで隠せば」

「良かった…」

「山崎君との諍いで精神的に不安定だったところへ私達の〝飲み会〟の現場を目撃して、かなりのショックを受けたらしくて一時的に錯乱状態になっていたらしいって。でも、山崎君が事情を説明して、今はすっかり落ち着いて、いつもの正常な状態の彼女に戻ったそうよ。なにしろ病室でも山崎君が付きっきりだそうだから」

紫《ゆかり》も嬉しそうに肯《うなず》いた。

「山崎君が紫ちゃんにお礼を言ってたわ。警察へ被害届を出すのを思い止まってくれてありがとうって。お蔭で事件じゃなく、単なる事故として処理されたらしいわ」

「私、解る気がするんです。翔子さんの気持ち。あんな酷い火傷の状態で、まだ彼のためにお化粧道具を探すなんて。何という意地らしさ、身につまされます。私だって多分……」

「彼女からも、お詫びがしたいって。バカな誤解から、紫ちゃんにとんでもない迷惑をお掛けしたって」

「そうですか」

「退院したら、二人でお礼旁《かたがた》お詫びに伺いますって」

「翔子さん達に伝えてください。退院したらお祝いにまた皆で飲みに行きましょうって」

「解った。そう伝えとくわ」

朋美が嬉しそうに紫の肩をポンと叩いた。

「ところで、西澤君」

三枝が微笑みながら紫に頼み込んだ。

「悪いんだけど時間があったら今日もファイルの整理を……。また昼メシ奢るからサ」

「あっ助教授《センセイ》、申し訳ないけれど、今日は私、お手伝いできないんです」

紫《ゆかり》がキッパリと首を振った。

「そうか、何か予定でもあるのかい？」

紫が喜色満面で答えた。

「ウフフフッ。今日はこれから恭平さんとデートなんです！」

「あっ！　そうかぁ、やっと仲直りしたのか。そりゃ、めでたい！」

三枝も朋美も互いに見合わせながら、ホッと胸を撫で下ろした。

「で？　とうとう彼が百万遍、謝ったのか？」

「とぉんでもない！　私がちゃんと謝りました。だってぇ、悪いのはみ〜んな私なんですもの！」

紫は強調するように頭《かぶり》を振った。

「ええっ!?　そりゃまた…が、しかし昨日は確か……」

訝《いぶか》る三枝の脇を朋美が突《つつ》いて、今更余計な事は言うな！　というふうに目配せした。

「そ、そうか…とにかく良かったな」

「私、とんでもない大ドジを踏んじゃって」

紫が顔を赤らめながら、恥ずかしそうに語ったところによると……。

事件の後、クタクタになりながら部屋に戻ってきた紫がふと見ると、玄関ドアの前に登山服姿の懐かしい人物がにこやかに微笑んでいる。

「紫」

「恭平さん！」

「よかった。十日ぶりだな」

久しぶりに恭平に会って涙があふれそうになった紫《ゆかり》だったが、あえてキツく言い放った。

「よかった…じゃないわ。なに？　今頃！」

「今頃…って、メール入れたろ？　『これから行く』って」

「メール……」

「そうさ！　読んでなかったのか？」

「それどころじゃなかったの！」

「何だい！　何を怒ってるのさ」

「大体どうして？　あれから今まで連絡も寄こさないで！　私がどんなに心配したか…」

「ちょ、ちょっと待って。あの日の翌日、ちゃんとお詫びのメール入れたじゃないか！　『僕が悪かった』ってサ」

「ウソ」

「ウソなもんか！」

「私、受けてない」

「そんなことあるか！　絶対送ったよ！　半日待っても返事が無いから、多分怒ってるんだろうナァと思って、またメール入れてさ」

「何て？」

「『頭を冷やしに山へ行ってくる。戻ってからまた話し合おう』って」

「だって！　あの日はワン切りだとか迷惑メールだとかが山ほど来てて……アーッ！」

「何だい」

「私、もしかしたら…」

「どうした」

「あんまりウザッタイんで、その腹立ち紛れに全部纏めて、消し…ちゃった…かも……」

「僕のメールも？」

「ウン……」

「相手も確かめないで？」

モジモジしながら肯《うなず》く紫《ゆかり》に恭平が呆れたように溜息をついた。

「このアワテンボ娘！」

「ごめん…なさい」

紫が消え入りそうにうなだれた。

「じゃ僕の文学的謝罪メール、ひとつも見てくれてなかったのか」

「で、でも、私だって電話を何回掛けてもメール入れても出てくれなかったし……」

「あのね、山の中ってのは大抵〝圏外〟でケータイは通じないの！」

「あ…ああ、そ…そうね」

紫はドキドキしながら答える。

「本当は明日下山する予定だったんだが、紫《ゆかり》のことが気になって、一緒に行った友達に無理言って一日早く帰ってきたんだ。ホイ！　お土産」

恭平が紫に綺麗なリボンのついた可愛い包みを手渡した。

「えっ？　なに？」

「紫の大好物」

「アーッ！〝銀の糸〟のシナモン・クッキー！…って…まさか…山梨県の甲府までわざわざ買いに行ってくれたの？　私のために？」

「そうさ」

「あ、あり…がとう」

紫のホオを感激の涙が伝わってこぼれた。


三枝と朋美は悪びれもせず、しかも実にあっけらかんと語る幸せそうな紫を唯々呆気に取られて返す言葉もなく見つめるだけだった。

「それじゃ三枝助教授《センセイ》、奥村先輩、急ぎますんでこれで失礼しま〜す。ごきげんよう」

ドアが閉まると同時に三枝は気が抜けたような大きな溜息をついた。

「ごきげんよう…だってサ。どうだろうねぇ、あの変わり様！」

「ゲンキンなものですね」

「フフフッ、〝大山鳴動《たいざんめいどう》して鼠一匹《ねずみいっぴき》〟たぁこのこったナ」

朋美も頬杖をつきながら疲れきった表情で、

「ホ～ント！　〝犬も喰わない〟とはよく言ったものですねぇ」

「犬も喰わない…どころか、喰ってたら間違いなく腹こわすぞ」

「消化不良で？」

「ああ」

三枝が微笑んだ。

「あの大騒ぎはいったい何だったんだろう」

「青春…ですかねぇ、あれも」

「うん…」

「考えてみれば皮肉な巡り合わせだよねぇ」

「山崎君達ですか？」

「ああ」

「そうですね…」

「化粧の嫌いな男と、化粧無しでは人前に出られなかった女…」

「そんなもんじゃないでしょうか？　出逢い…って」

「なあ、奥村君」

「何でしょう？」

「あの彼女さぁ」

「仁科翔子…ですか？」

「うん」

「彼女がなにか？」

「彼女は二人の…西澤君と彼女の彼氏——山崎だっけか、彼が談笑してる場面を目撃して、イチャついてると誤解して頭に血が上《のぼ》ったわけだろ？」

「ええ、まぁ……」

「だったらサ、まず自分を裏切った男のほうに文句を言うべきだろう？　いきなり西澤君に突っかかるってのも…」

「納得がいかない？」

「ああ」

「それは助教授《センセイ》が男性だからそう思われるんですよ」

「？」

「男のかたは、多分…皆さんそうお考えになると思いますが…」

「……」

「でも、それは女の考え方ではありません」

「ふぅん…」

まだ納得しかねている、といった雰囲気の三枝に朋美が意を決したように言った。

「助教授。心理学教室助手の立場として敢えて進言いたしますが、助教授はもう少し、〝女性心理《おんなごころ》〟というものを熱心にご研究されたほうが宜しいかと思います」

「全く！　長年心理学を研究してきてるが未《いま》だに解らん事だらけだ。御意見、ひたすら感謝！」

三枝が微笑みながら頭を下げる。しかし朋美は何故か憮然とした表情で、三枝を見つめている。

「さぁてと」

三枝が膝を叩いて立ち上がった。

「仕方がない。奥村君、君と僕とふたりでファイルの整理でもしちまおうか」

「あっすみません。今日は私もこれから予定があるので…」

「なんだ、君もかぁ!?」

「なんだ、はないでしょ？　私だって予定くらいありますわ」

「そりゃ…まぁそうだろうけど…」

「第一、今日は土曜日。勤務時間は午前中で終了致しました」

「おいおい、それじゃ今日は僕一人きりかい。なんとも寂しいねぇ」

「そんなにお寂しいなら助教授《センセイ》も独身生活にサヨナラして、そろそろ身を固められたら如何です？」

「なんだい、急に。別にそういう意味じゃ……。第一、身を固めるも何も、僕の周囲にそんな適当な〝嫁サン候補〟なんて――」

「あら、〝候補〟ならいるじゃありませんか。それもすぐ身近に……」

「ン？　誰……」

「もう、鈍いなぁ。今度から私もドギツイお化粧してこようかしら…」

「う～ん、これだから女心は良く解らん」

「困った助教授《センセイ》……」

朋美が溜息をつきながら微笑んだ。

著者プロフィール

丹伊田 まさひろ（にいだ まさひろ）

本名、丹伊田雅弘。

1956年（昭和31）京都府生まれ。

1980年（昭和55）日本大学商学部卒業後、菱洋電機㈱（現・菱洋エレクトロ㈱）入社、現在にいたる。

己の影

2003年12月15日　初版第1刷発行

著　者　丹伊田 まさひろ
発行者　瓜谷 綱延
発行所　株式会社文芸社
〒160-0022　東京都新宿区新宿1－10－1
電話 03-5369-3060（編集）
03-5369-2299（販売）

印刷所　株式会社平河工業社

ISBN4-8355-6720-X C0093